Umschlagfoto: Martin Andreas Walser © 2014
Copyright © 2014 Martin Andreas Walser
Herstellung und Verlag: BoD - Books on Demand, Norderstedt
ISBN: 9-783735-741387

Die Deutsche Nationalbibliothek verzeichnet diese Publikation in der
Deutschen Nationalbibliografie; detaillierte bibliografische Daten sind
über http://dnb.d-nb.de abrufbar.

Martin Andreas Walser

Wiederkehr

Erzählung

I

Dieser Moment: als sie ihr Kleid langsam hochhob, mit beiden Händen gefasst nahe des Saums, die Knie entblößend und schon einen Teil ihrer Oberschenkel, etwas verwundert an sich hinunterblickend dabei, als könne sie nicht ganz verstehen, was sie da tat, was ihr geschah, was sie mit sich geschehen ließ, vor seinen Augen!: als schaue sie also ihren Händen, die sich in den Stoff verkrallt hatten, nur zu, ihren Armen, die sie nicht länger zu kontrollieren wusste. Schon das weiße Höschen, der nackte Bauch, der Nabel befreit vom Stoff, immer weiter nach oben hoben sie das bunte Sommerleicht und ließen ihn sehen, was keinem Mann zuvor offenbart worden war, weder von Händen und Armen, die sich ihren Befehlen verweigerten, noch durch dieselben Hände und Arme, dies völlig undenkbar!, sie war ein artiges Mädchen, wie sie zu sein hatten zu ihrer Zeit!, von ihr angehalten (nachgerade befeuert: diese Glut, die es zu bändigen galt!, doch sie käme, falls überhaupt, später: noch wusste sie nichts davon und würde davon vielleicht nie erfahren), sie zu entblättern: ihren Leib.

Mitten in ihrem Zimmer stand sie, einige Zentimeter entfernt vom Bett, auf das sie sich, ohne Schaden zu nehmen, jederzeit hintüber hätte fallenlassen können, er vor ihr, die Lider hochgezogen, gestraffte Gesichtshaut, nicht vor Schreck, nicht prall gefüllt mit Lüsternheit: was wir da gleich zu sehen bekommen werden!, Neuland ein weitgehend entblößter weiblicher Körper auch für sie: seine rehbraunen Augen. Er verharrte in gebührendem Abstand (er ging nicht auf sie zu, um sie anzufassen oder sie daran zu hindern, um ihr zu bedeuten, mit dem Ausziehen aufzuhören oder aber: es zu beschleunigen). Doch gibt es sie, die schickliche Distanz, ist man daran, sich zu entkleiden oder jemandem dabei zuzusehen?, war da, in ihrem Alter (zu früh: das Urteil ihrer Eltern, wären sie zuvor befragt worden, diese Warnung jedoch kannten sie, ohne deren Meinung einholen zu müssen: das ständige Klagelied der Mütter, nicht der Väter: sie verbieten; beide scheitern), nicht jeder Abstand, und wäre er noch so groß, ungebührlich im Sinne von: die Keuschheit drohte, missachtet zu werden, die bisher auferlegte und befolgte? Du hast sie entehrt, du bist entehrt: zu ihrer Zeit, er nicht mehr so richtig Junge, sie nicht mehr so richtig Mädchen, sie beide heranwachsende Jugendliche, dem Erwachsensein zustrebend in jener zu Ende gehenden Epoche: knapp vor der gefeierten Befreiung des Körperlichen aus dem Korsett des Verschweigens, Verdrängens, Verdammens: noch durchaus Schmach, Verstoßung drohte, demnach herrschte die ständige Angst, zu versagen: den Teufel nicht bändigen zu können, Verderbnis und ewiges Höllenfeuer vor Augen: in die spätere Ehe, die unausweichliche, zum Zeitpunkt zu schließen, wenn die Eltern ihren Segen gäben, hatte man, allein schon dieses Wort!, unbefleckt einzutreten. Wenigstens als Frau.

Das Kleid nun über den Kopf gezwängt, nach hinten, aufs weiße Tuch fallen gelassen, womit Mutter die schwere Daunendecke umhüllt hatte, langweiliges Weiß stets, und eine

Qual, dieses Gewicht, das einen des Nachts, eine Zumutung!, in die Matratze drückte, selbst in warmen Monaten wie diesem, Juni war's, Juli schon beinahe, gleichwohl Abend für Abend auf den Leib, den ruhenden, befohlen von Eltern, die es doch nur gut meinten: nun schlafe gut, mein Kind, und träume etwas Schönes. Unschlüssig stand sie da: was nun? Die Arme gesenkt, als sei sie aufgefordert oder bereit, begutachtet zu werden: ihre Brüste, von undurchschaubarem Weiß umfasst, fast völlig bedeckt, züchtig!, ihre Scham, von demselben Unschuldsweiß umhügelt, ein kleines, rotes, aufgesticktes Herz knapp unterhalb des oberen Bündchens. Nicht nur stellten sich indessen ihr diese Fragen, dieses was nun?, dieses wie weiter?, sondern vielmehr ihm, mit rasendem Herzen und erregt, dass es in der Hose zu schmerzen begann, mindestens ebenso, und die Antworten zu finden, war schwer, obwohl man sie kannte: es war ja alles vereinbart und besprochen zwischen ihnen, jedoch der Weg dorthin, wie sich nun wies, ein schwerer, tückenreicher.

Süße Erinnerung, er schmunzelte, nahm das Buch vom Schoss, um es auf den kleinen, runden Tisch neben seinem Sessel zu legen, löschte das Leselicht, erhob sich, Zeit, zu Bett zu gehen: süße Erinnerung: mehr nicht, mehr nicht mehr, und doch: unvergesslich, dieses erste Mal.

Vielleicht hätte er sich nie mehr daran erinnert, unvergesslich der Augenblick, nicht bloß behauptet: reine Deklamation!, sondern erwiesen, bestätigt nach dieser langen Zeit, braucht nicht zu bedeuten, im täglichen Bewusstsein stets präsent zu sein, unvergesslich sollte heißen, diesmal, er hätte es kaum für möglich gehalten: fein säuberlich abgelegt im Unterbewussten, viele Jahre scheinbar verschollen und doch die ganze Zeit da. Die Begebenheit war, im Hintergrund abwartend, bei Gelegenheit zurück ins Tageslicht getreten, zu einem Zeitpunkt, die ihr der richtige schien, aber das war, sein Urteil: albern!, nicht nur das jüngst Eingetretene, vielmehr die offenbar damit in Verbindung stehende Reaktion seines Unterbewussten, sie erst recht: jetzt, da er, der ältere Herr!, dieser jungen Frau begegnet war, die er begehrte, ganz anders, wollte er zu bedenken geben, als das Wort suggerierte (er hörte Gelächter: aber, ich bitte dich, darauf reden sich doch alle heraus, die in deinem fortgeschrittenen Alter Lust auf junges Fleisch verspüren): eventuell, wollte er sich zur Wehr setzen, was ihn gleichzeitig zur Besinnung rief, dem Lebenserfahreneren vorbehalten, der sich nicht mehr ohne weiteres, nicht Hals über Kopf, nicht von einer Minute auf die andere vom Rausch der Sinne erfassen und davontragen lässt, sei dieses Begehren, in dem er wenig Fleischliches zu erkennen glaube, bloß entstanden, weil sie ihn an ebendiese Sie erinnere, wollte er anfügen, sich verteidigen, sich rechtfertigen?, die längst Verflossene, die in seinen Gedanken nun wieder täglich und, was schwerer wog, in den Nächten, lag er allein im Bett, beinahe greifbar präsent war. Die gleichwohl nicht Vergessene. Keineswegs, musste er erfahren in diesem Moment, Überwundene.

Was nun?, war er also ziemlich ratlos gewesen, und hatte sich entschlossen, an seinem leichten, blauen Sommerpulli zu zerren. Während er für einen kurzen Moment, Wollenes über den Augen, eng anliegend auf dem gesamten Gesicht, gehindert war zu sehen, was um ihn herum vor sich ging: der gesamte Kopf eingepackt in Gestricktes, die Öffnung am Hals eng geworden, er war gewachsen, doch er liebte den Pulli vom Vorjahr weiterhin sehr, spürte er Hände, es konnten, natürlich, nur die ihren sein, die an seinem Gurt nestelten. Er hatte das Zerren am Blau zu Hast gesteigert, als gelte es, einen Erstickungstod abzuwenden: was geschieht mir da?, ich will sehen, eingreifen, helfen, abhalten, Panik im Anflug!, und sich, als er beinahe nicht mehr daran glaubte, endlich zu befreien vermocht, und er sah, was ihm vage Erkenntnis gewesen war: sie kniete vor ihm, fingerte am Knopf seiner Hose herum. Gleich zöge sie den Reißverschluss hinunter und sähe, es war ihm sogleich peinlich, wie erregt er war. Doch da hörte er sie auch schon sagen und vernimmt die Frage wieder (sehr souverän bewahrte sie ihn damit vor möglicher Schmach: vorbei um ein Haar alles, bevor es richtig begonnen hatte):»Die zweite Aufgabe in der Mathe-Prüfung, wie hast du sie gelöst, welches Resultat hat sich bei dir ergeben?«

Was er, irritiert, eine Sekunde lang als lusttötend empfunden hatte, war zu seiner Rettung geworden: sich zu konzentrieren auf dieses Andere, das ihrem schulischen Alltag Entlehnte. Noch nebeneinander, beide in ihrer Unterwäsche, nun auf dem Bett liegend, hatten sie debattiert, sie ihn auf einen möglichen Überlegungsfehler hingewiesen, er seinen Lösungsweg verteidigt. Erst, als sich die Erhebung eingeflacht hatte, eben noch unübersehbar in seiner lächerlichen Donald-Duck-Unterhose, die ziehe ich nicht mehr an, hatte er mehrfach, vergeblich, bei seiner Mutter protestiert: ich bin beinahe erwachsen, aber, Sohn, die sieht doch niemand, sie, sparsam, wie sie war, den Umstand verteidigt, dass seine Unterbekleidung noch »fast wie neu« aussah, war sie mit einem Lächeln ganz nahe an ihn herangerutscht, hatte den Arm ausgestreckt und seine Brust gestreichelt: wie schön du bist. Er sich seinerseits ein Herz gefasst und sie in den Arm genommen.

Wie war es weitergegangen? Er brauchte auch danach nicht zu forschen, das längst Verflossene, erwies sich, lag in ihm: längst zu gestochen scharfen Bildern geformt aufgrund der Ereignisse der jüngsten Gegenwart, somit: das Wühlen im Beinahevergessenen, als befände er sich noch in jenem Zimmer. Alles war vorhanden: die Fenster weit offen, die Vorhänge zugezogen, als sie sich hinlegten, während eben noch die Sonne ihren schlanken Körper und seinen fast mageren, du wächst zu schnell, Bub: die Mutter, also musst du mehr essen, mit ihrem warmen Licht beehrt und ihrer beider jugendliche Schönheit schier zärtlich beleuchtet hatte, und er hörte wieder der Vögel Gesang im Geäst der Bäume und das leise Rascheln der Blätter. Leichter Wind hatte eingesetzt. Erneut spürte er die Sanftheit ihrer Haut an seinen zitternden, scheuen, schüchternbehutsam, zum ersten Mal im Leben!, eine Wanderschaft über weibliche Haut antretenden Handflächen. Ihre kleinen, spitzen Brüste, nachdem es ihm endlich gelungen war, den Verschluss ihres Büstenhalters zu öffnen, wozu ihre Hände ihm nicht zu Hilfe geeilt waren, dann sich der letzten Hülle gegenseitig und, so gut es ging, gleichzeitig entledigt, ein stummes Betrachten und Erfühlen, sanft, vorsichtig: sie fasste ihn dort nicht an, und er wiederum züpfelte nur leicht an ihrem Gekräusel, nun zunehmend zaghaft, verzagend beinahe: wollen wir wirklich, was wir so lange besprochen, worüber wir Einigkeit erzielt haben? Gedacht, nicht ausgesprochen und dennoch miteinander geteilt: es ist doch auch ganz schön, an diesem Sommertag einfach auf dem Bett zu liegen und sich auf diese Weise gernzuhaben, also ohne das...

Sie hatten sich Zeit gelassen, viel Zeit gehabt: ihre Eltern würden nicht vor dem späteren Abend zurückkehren, wussten sie, es dann aber doch getan. Er gab sich alle Mühe, sie nicht zu enttäuschen, in ihren Augen zu lesen: lass es nicht enden, noch nicht, bitte!, und sieh dich vor, ich vertraue dir!: immer wieder das Mathe-Problem ins Gedächtnis zurückgerufen, und sich schließlich, gerade noch rechtzeitig!, gerade noch rechtzeitig?, zurückgezogen aus ihr, dies immerhin, beinahe das Einzige, was ihnen von dieser Sache bekannt war, schien ihm gelungen. Das bisschen Blut, sie hatten vorsorglich ein altes Tuch über das reine Laken gelegt, dieser weißliche Schleim. Es war schön! War es schön?

Seine Empfindung, nun daran erneut erinnert: was sie sich bekräftigt hatten: Ja!

Wäre da nicht diese junge Frau in mein Leben getreten, wie wichtig dies klang!, in Wahrheit ein winziger Zufall, herbeigerufen, wodurch sie ins Gespräch kamen, durch eine kleine Unaufmerksamkeit, ihrerseits?, seinerseits?, hätte ich mich wohl nie, zumindest nicht in dieser Intensität, an jenen Nachmittag zurückerinnert: dies wusste er.

Es war diesem ersten Mal, das er offensichtlich in sich gehütet hatte wie einen Schatz, ein Relikt aus anderen Zeiten, nicht die große Liebe entwachsen, oder vielmehr, sie verloren sich aus den Augen, bevor sie sich bestätigen, sich festigen konnte: ihre Familie zog weg, keine zwei Wochen später. Sie hatten es trotzdem oder gerade deswegen getan: hier habe ich als Mädchen gelebt, hatte sie gesagt, von hier will ich als Frau weggehen, und du, mein Freund seit einiger Zeit, bist auserkoren, mir diesen Wunsch zu erfüllen, dir schenke ich mich zum Abschied, dir mein Vertrauen, dir werde ich meine Gedanken an dieses erste Mal ein Leben lang widmen, und er, wortkarg schon zu jener Zeit: und so ich dir.

Sie hatten sich ewige Treue geschworen, aber die Distanz war zu groß gewesen. Sie hatte neue Freunde gefunden, ihm waren seine bisherigen erhalten geblieben. Seinen Briefen folgte kein Widerhall, bis er aufgab, Jungs sind schnell bereit, damit aufzuhören: elende Schreiberei! Lange hatte er gleichwohl von ihr geträumt, vielleicht sie ebenfalls von ihm, doch schon in diesem Alter bekommt einer Beziehung die Trennung auf unbestimmte Zeit sehr schlecht, zumal ohne ein einziges Lebenszeichen: ich bin noch da. Für dich. Es fehlte.

Er, Thomas Wiederkehr, der ruhige, stille, zuverlässige, beflissene Insichgekehrte schier ein ganzes Leben lang, einundsechzig geworden, der dem so bezeichneten Ruhestand entgegenblickte, freudig?, überrascht!: wie rasant man sich diesem Zeitpunkt, erst noch kaum erkennbar am Horizont, plötzlich nähert!: ausgerechnet er schwelgte plötzlich in Erinnerungen, durch die lange Zeit scheinbaren Verschollenseins verklärt allenfalls, wessen er sich da entsann, und dazu hatte ein kleiner Rempler in einem der zahlreichen Flure der Firma genügt, in der er täglich seine Arbeit verrichtete, ohne jemals aufgefallen zu sein, schon gar nicht durch Emotionen. Wenig wusste man, nach derart langer Zeit!, über ihn und wie er lebte, saß er nicht an seinem Schreibtisch, vertieft in seine Arbeit, stets nahm er exakt zur selben Zeit, nach dir könnte man die Uhr richten, lachten mitunter Kollegen, Morgen für Morgen seinen Platz ein, und er verließ ihn nur selten untertags: je, höchstens!, für fünf Minuten: Kaffeepause am Morgen sowie am Nachmittag, dreißig Minuten für das Mittagessen, immer zu exakt derselben Zeit: von zwölf Uhr zehn bis zwölf Uhr vierzig, vielleicht ein-, zweimal für einen Gang zur Toilette. Kaum, dass er sich an den Gesprächen beteiligte, und schon gar nicht, ging es um Privates: er wollte nichts wissen über das Leben, das seine Kolleginnen, seine Kollegen außerhalb dieser Büros führten, und er gab über sein eigenes nichts preis. Eine kleine Unachtsamkeit, beiderseits, sich darauf zu einigen, erschien ihm weise: weder sie, noch er schuldig, keiner von Schuld befreit. Sie, vertieft in das Gespräch mit zwei Kolleginnen, er, einem Problem nachhängend aus der Gegenrichtung kommend: Schulter gegen Schulter, eine knappe Entschuldigung, ein kurzer Wortwechsel, kein Disput!, kein Streit!, laute Worte hörte man ohnehin selten in den Fluren, vielmehr mündend, er überrascht, ungläubig, noch jetzt, im Bett liegend und sich Schlaf wünschend: wie konnte es dazu kommen?, in eine Verabredung zum Kaffeetrinken irgendwann und irgendwo, sofortige Einigkeit darüber: jedenfalls außerhalb des Betriebs, in den kommenden Tagen.

Er somit auf Freiersfüßen? Absurd! Die junge Frau, mit der er zusammenstieß, wahrscheinlich wenig älter als zwanzig. Allerdings, empfand er im selben Augenblick, als er in ihre Augen sah: als sei sie ein starker Magnet, er ein solides Stück Metall, unweigerlich voneinander angezogen, wogegen es kein Mittel gab, jeglicher Widerstand zwecklos, und stemmte er sich noch so sehr dagegen: ihm schien, je energischer er dagegen ankämpfe, desto eindeutiger bewege sich der Magnet auf ihn zu, Millimeter um Millimeter, aber mit aller Deutlichkeit spürbar. Das Begehren jedoch, das in ihm aufflackerte, schien ihm ein anderes zu sein als jenes früherer Jahre, wusste er überhaupt davon?, gründete seine Erfahrung nicht alleine in seiner Jugend, sie hatten es ja nicht grundlos, sondern getan, weil sie sich zu lieben glaubten, und auf zwei, drei wenig dauerhaften Beziehungen danach?, und doch irritierte es ihn: als keusch zu bezeichnen, waren seine derzeitigen Gefühle wohl, von einer eigentümlichen Reinheit umschwebt, und daran wollte er sich halten: sich nicht zum Narren zu machen, indem er sich in eine derart junge Frau in der Art verlieben wollte, die das Schmachten und Sehnen unerträglich machen würde, bis man miteinander geschlafen hätte.

Sein Verstand weigerte sich ohnehin kategorisch, dies zuzulassen, und kündigte heftigsten Widerstand an. Und selbst sein Herz, was ihn überraschte, riet ihm eindringlich: du musst nach diesen anderen Gründen forschen, die dich Nähe erhoffen lassen, den Wunsch in dir wecken, sie, die Unbekannte, die Vertraute, die ihm ebenso unverzüglich Vertrauen geschenkt hatte, in die Arme schließen zu wollen, nur dies!, alles andere unvorstellbar, mit einer Heftigkeit eines Verlangens gleichwohl, als stehe Leben oder Tod, seine unmittelbare Zukunft auf dem Spiel.

Ich mag es, Menschen kennenzulernen, hatte sie gesagt, nachdem sie seine Einladung zum Kaffee angenommen hatte, später eine weitere zum Essen, über Mittag, unverdächtig: in einer Gaststätte, wo sie umgeben gewesen waren von Dutzenden Menschen (und doch hatten wir nur Augen füreinander, das war doch so?, quälte er sich, sich dies fragend, das Beisammensein erforschend, Sekunde für Sekunde sich zurück ins Gedächtnis rufend, jede Bewegung, jeden Blick analysierend, darüber nachdenkend des Nachts und, gleichermaßen unbekannt ihm bislang: gar während des Tages, bei seiner Arbeit!), die dritte und die vierte zum Theaterbesuch, dem sich zwei Konzertabende anschlossen in kurzer Folge: Menschen wie Sie, älter, kultiviert, gepflegt, anständig, sind mir letztlich lieber als Jüngere, bei denen man stets gewärtigen muss, plötzlich begrabscht zu werden, das mag ich nicht, das mag wohl keine Frau.

Soweit war ihm alles rasch klar gewesen, die Grenze gezogen, nichts weit und breit, das ihn dazu zu verführen trachtete, sie dennoch überschreiten zu wollen. Jedoch im Dunkeln blieb, weshalb, kaum dachte er an sie, diese junge, von Lebensfreude strotzende, indes: nicht übermütig die Kraft ihrer Jugend vergeudende, diese junge Frau, er sich unvermittelt in jenen Nachmittag zu frühen Zeiten seines Lebens zurückversetzt sah. Ein Zeichen? Und was wollte es ihm bedeuten? Und weshalb wollte er seiner Begleiterin im Jetzt unbedingt davon erzählen? Eines nicht allzu fernen Tages. Dies alles blieb ihm ein Rätsel.

II

Seine Kollegen im Büro: verwundert!: Thomas Wiederkehr pfiff leise vor sich hin, als er aus dem Büro des Chefs kam.

Und er lächelte tatsächlich! Nie zuvor hatte sich nach einem seiner Gespräche unter vier Augen mit einem der zuerst selten, in letzter Zeit immer häufiger wechselnden Vorgesetzten auch nur die Spur einer Emotion, von Freude, Genugtuung, Verärgerung, Wut, wenigstens das Abbild einer klitzekleinen Zufriedenheit oder ebenso winziger Verstimmung in seinem Gesicht gezeigt: mit der Perfektion, mit der er sämtliche Gesichtsmuskeln steuerte und in allen denkbaren Situationen im Griff hatte, hätte er zweifelsfrei einer der weltbesten Pokerspieler werden können.

»Ich bin dann mal für einige Tage weg«, verkündete Thomas Wiederkehr später, kurz vor dem offiziellen Büroschluss (den es in der absoluten Form jener Jahre, in denen er hier begonnen hatte: alles erhebt sich, man wünscht sich einen schönen Abend, und schon strömen die Massen durch die breiten Türen hinaus ins Freie, allerdings längst nicht mehr gab).

Basses Erstaunen in der Runde: Thomas Wiederkehr und sich spontan dazu entschließen, einige Tage Ferien zu machen? Dies schien die Mutter aller Widersprüche zu sein!

Und er? Er war noch immer erstaunt, wie leicht es gewesen war, seinen Vorgesetzten zu überzeugen: hätte ich das gewusst, wer weiß, ob ich es nicht schon früher versucht hätte! »Schön«, hatte der Sektorleiter nur gesagt, »wenn du das wünschst, bewillige ich das gerne«, ohne weitere Frage zu stellen, »darüber wollte ich ohnehin längst mit dir sprechen: wie du gedenkst, dein, ziemlich beträchtliches, Ferienguthaben abzubauen, nicht«, ein Scherzchen, »dass du eines Tages gar rückwirkend in Pension gehst.« Er hatte Thomas Wiederkehr dabei gemustert, dessen Gesicht wie erwartet keinerlei Regung zeigte; etwas anderes war von ihm, diesem verschlossenen Mitarbeiter, diesem älteren Herr in den Augen des jugendliche vierunddreißig Jahre alten Sektorchefs, nicht zu erwarten gewesen: steif saß er auf dem Stuhl am gläsernen Besprechungstisch, wie immer in blütenweißem Hemd, mit dunkler Krawatte, in seinem dunkelblauen Anzug und, der Chef brauchte gar nicht erst nachzusehen, blankpolierten, schwarzen Schuhen.

»Es könnte sein«, sagte Thomas Wiederkehr schließlich doch, »dass ich in nächster Zeit öfter darum bitte, mir einige Tage freinehmen zu dürfen.«

»Nur zu«, gab sich sein Chef jovial, »ich weiß ja, deine Stellvertretung wird perfekt geregelt sein.«

»Ja«, erwiderte Thomas Wiederkehr, »der Tom macht sich sehr gut«, ein Lächeln, im Gesicht seines Mitarbeiters, den er immer im Verdacht gehabt hatte, er halte sich für unersetzlich, zeigte sich tatsächlich ein Lächeln!, kaum zu glauben!, »da kann ich ruhig einige Tage wegbleiben.«

In den Süden führte die Reise. Fast immer in den letzten Jahren fuhr er hierhin, stand ein verlängertes Wochenende bevor oder hatte er, Monate zuvor: im Januar, wenn der Ferienplan zu erstellen war, einige wenige Urlaubstage eingetragen: ins Haus seines in ständiger Unrast rotierenden Freundes. Sie waren sich seit der Schulzeit erhalten geblieben, obwohl: unterschiedlicher, mit einigen wenigen gemeinsamen Vorlieben, konnten zwei Menschen kaum sein, aber vielleicht, dachte Thomas Wiederkehr oft, hat gerade dies unsere Freundschaft am Leben erhalten: dass wir uns nicht aufgrund zu ähnlicher Denk- und Lebensweisen auf die Nerven gehen und wir die spärlichen gemeinsamen Abende, vier, höchstens sechs pro Jahr, bei unserer großen Liebe, gutem Essen und den Single Malts, unbeschwert genießen können, ohne mehr von dieser Freundschaft zu erwarten. Ganz im Gegensatz zu Thomas Wiederkehr, dem Insichgekehrten, dem Verschlossenen, ihm, der glücklich und zufrieden war, wurde er bloß in Ruhe gelassen, verbrachte sein Freund, sich immer im Mittelpunkt,. immer im Zentrum einer Menschentraube bewegend und stets am Anfang, in der Mitte, am Ende einer Affäre, seine Zeit vorwiegend damit, vom einen Abenteuer zum anderen zu hetzen, diesen flüchtigen Eindrücken vollkommen ergeben wie in einem permanenten Rauschzustand, wobei ihm die Arbeit als beinahe weltweit tätiger, begnadeter, gesuchter, geschätzter, geliebter Event Manager natürlich entgegenkam: ständige Action als Droge, im einen Moment völlig von einer aufregenden, spannenden, einmaligen Sache gefangen, die er im anderen bereits vergessen hatte: hier vorgeblich geliebt und doch nur Sex gehabt, dort sich der Kultur gewidmet und gleichwohl bloß einen oberflächlichen Eindruck erhascht, an jenem Ort, in jenem Land, auf jenem Kontinent sich mit der Bevölkerung unterhalten und in Tat und Wahrheit mit maximal zwei Leuten gesprochen, dem Taxifahrer sowie, natürlich, dem Zimmermädchen oder einer einheimischen Schönheit in einer Bar, selten am Strand, mit dem wohl einzigen Ziel, das Wenige, was er über seinen dannzumaligen Aufenthaltsort wissen musste, bevorzugt von ihr im Bett zu erfahren. Und so, wie er lebte, wie er ferne Welten, Sex, Nachtleben oder ein Feigenblatt Kultur konsumierte, berichtete er Thomas Wiederkehr bei ihren sporadischen Treffen auch: der eine Satz noch nicht beendet, der nächste bereits begonnen, Erlebnisse, Begebenheiten, Drolliges und Tragisches, Relevantes und Banales, Tatsachen und Gerüchte bunt gemischt und in einem Tempo, als ließe man eines dieser altertümlichen Spulentonbandgeräte zu schnell laufen.

Weshalb er sich dieses Haus im Süden gekauft hatte, war Thomas Wiederkehr schleierhaft, aus einer plötzliche Laune heraus war es wohl geschehen, die Botschaft, das Angebot, vor Jahren ausgesprochen, hatte aber, und dies fast einzig war Thomas Wiederkehr wichtig, nie an Gültigkeit verloren (eine weitere Gemeinsamkeit: auf sein Wort durfte man sich getrost verlassen): hol dir den Schlüssel, wann immer du willst, ich bin, wie du weißt, nicht unglücklich, wird genutzt und bewohnt, wofür ich viel zu wenig Zeit habe, leider. Dieses Leider eine bloße Floskel, wusste Thomas Wiederkehr: sein Freund vermisste nicht wirklich, nicht dies hier und so manches nicht, was anderen Menschen ein wichtiges Gut bedeutet, Muße beispielsweise; er war schlicht unfähig, zu vermissen, auszuruhen, sich die Zeit zu gönnen, stehenzubleiben, aufzunehmen, zu genießen: das hatte er fürwahr nie gelernt, doch mochte sich Thomas Wiederkehr daran nicht aufhalten, nicht heute!:

du weißt, wo er liegt: sein Freund von unterwegs, ein Kurzgespräch: leider habe ich keine Zeit, etwas mit dir zu plaudern, wichtige Termine, du weißt schon, geh also einfach in mein Büro, oberste Schublade rechts, wie stets, ich informiere gleich die Sekretärin, dass du kommst, damit sie dich nicht verhaften lässt. Ein kurzes Lachen, darauf: viel Spaß und Tschüss. Und schon hatte er ihn auf dem Handy weggeklickt.

Kurz nach Mittag war Thomas Wiederkehr am Vortag eingetroffen und hatte sich gleich in die prächtige Vorsommerwärme gesetzt, in die Hitze schon eher, wie wohltuend: nach diesen kühlkalten, feuchten: regnerischen!, Tagen, man hätte meinen können: April statt Juni, oder, bezog man die Frühnebel mit ein: zweite Hälfte September oder Oktober, von denen er sich recht eigentlich bedroht gefühlt hatte zu Hause. Derartige Tage fressen Lebenslust, Freude und Hoffnung: darauf hätte er sich wohl herausgeredet, wäre er auf seinen überraschenden Entschluss angesprochen worden, für einige Tage wegfahren zu wollen: bloß kein Wort über die wahren Beweggründe verraten (was er ohnehin kaum je tat).

Er hielt die Augen geschlossen, während er sich im Sessel auf der unteren Veranda, wohlig!, zurücklehnte. Wie eine Katze schnurrend, hätte er dies beherrscht, hörte er in die Stille hinein, die ihn umhüllte wie ein wärmender Mantel im Winter, und träumte vor sich hin: dies erst, diese bewusste Hingabe an das Hiersein, ließ ihn jeweils richtig ankommen. Manche schaffen es nie, kommen nie über das Eintreffen hinaus, sein Freund etwa, vermutete Thomas Wiederkehr, er jedoch hatte dies nicht erst lernen müssen: wie man dem Schnellen entsagt, indem man, zum Bespiel, lieber einige Tage länger als unbedingt notwendig an einem Ort verweilt, denn dies weckt die Bereitschaft, sich der Lust der Langsamkeit hinzugeben, und mindert den Druck, nicht zu trödeln (schließlich will man »alles« gesehen haben, was ein zuvor unbekannter Ort zu bieten hat). Es wäre so einfach, vom Eintreffenden zum Angekommenen aufzusteigen, und trotzdem üben sich, zu, wenige Menschen in dieser leicht zu erlernenden Kunst, ärgerte sich Thomas Wiederkehr immer wieder über Mitmenschen, die beinahe alles verpassten, während sie glaubten, vieles gesehen und erlebt und erkannt zu haben. Davon kündeten in seinen Augen, schrecklich!, nicht auszuhalten!, etwa die flachen Berichte seiner Kolleginnen und Kollegen in der Firma, erzählten sie von ihrem Urlaub: da konnte man doch gleich die bunten Ferienprospekte lesen!

Diesmal allerdings wollte sich dieses bedingungslose Angekommensein früherer Tage nicht so leicht einstellen, und nicht die ihn sonst bald einmal überwältigende, vollkommene Gelassenheit, der tiefe, innere Frieden, den er normalerweise praktisch im selben Moment, zögerlich erst, dann in berauschendem Tempo aufsteigen spürte, wovon bald einmal der gesamte Körper, Fleisch so gut wie Geist, durchströmt und erfasst war: alles fiel normalerweise binnen Stunden von ihm ab, als nähme er nach einer langen, einer staubigen, nach einer Reise, die ihn durch Sümpfe und schmutzige Tümpel geführt hatte, und in deren Verlauf, wie ihm schien, ihm dreckiger Regen und sandiger, sich in allen Poren festsetzender Wind begegnet waren, ein wohltuendes Bad, das alles aus ihm herauswusch, was Verunreinigung, was Gift für Seele und Körper war An diesem ersten Nachmittag im Süden, am Abend und noch in der Nacht blieb ihm jedoch zu viel Anspannung erhalten, nicht jene natürlich, wie sie der Beruf hervorrief: das tägliche Handeln in Eile, die Hektik, die von jenen ausging, die zu den Arbeitsplätzen und zu den begrenzt verfügbaren Tischen in den Restaurants und von ihnen weg und nach Hause eilten. Seine derzeitige Gemütslage war es vielmehr: sie ließ sich nicht derart einfach überdecken vom Frieden, der von der Stille ausging. Thomas Wiederkehr hatte nichts anderes vermutet (aber insgeheim gehofft, die innere Ruhe kehre trotz allem schneller zurück), natürlich: er war alt genug, jede andere Regung, hin zu Gleichgültigkeit, zum sofortigen Vergessen tendierend, hätte ihn überrascht und gleichzeitig zutiefst beunruhigt. Und Thomas Wiederkehr erkannte zudem: die offene, die zentrale Frage war die nämliche wie jene, die sie an jenem sonnigwarmen Tag gestellt hatte, er vollständig angezogen, sie nackt bis auf ihr Höschen, wie peinlich dieser Moment gewesen sein musste für seine damalige Freundin! (daran hatte er die ganzen Jahre keinen einzigen Gedanken verschwendet): Was nun?

»Sie mögen Männer in meinem Alter, das kann ich kaum glauben«, der kleine, runde Tisch, zwei Tassen Kaffee, eine zierliche Schale mit Gebäck, Miniaturen jener süßen Köstlichkeiten, die es vorne im Laden zu kaufen gab, zwischen ihnen. Sie war tatsächlich gekommen, ein Scherz, hatte er bis zuletzt gedacht, sie hat mich auf den Arm genommen: was sollte sie denn gefunden haben an mir?, attraktiv bin ich kaum, jung schon gar nicht. Doch da stand sie plötzlich am Eingang.

Er winkte ihr zu, enge Jeans trug sie und einen roten, luftigen Pullover, der ihr bis über den Ansatz der Oberschenkel reichte. Durch die Maschen hindurch, obwohl eng gestrickt, glaubte er, als sie zu ihm trat, die Blicke vieler anderer Gäste hatten sie auf dem Weg durch das gutbesetzte Café, eines der besten in der Stadt, begleitet, begreiflich: diese Anmut!, diese jugendliche Frische!, dezente schwarze Spitze an ihrem BH zu erkennen, ein Trugbild wohl. Was Männer bloß denken, sich ausdenken?, worauf, ihn graute vor sich selber, sie schauen, was sie, fast einzig, wahrnehmen in solchen Momenten! Wie lächerlich kam er sich zudem vor in Anzug und mit Krawatte, eben dem Büro entflohen. »Ich habe frei heute«, lachte sie unbekümmert, sie würde sich doch nicht etwa entschuldigen wollen?, fragte er sich sogleich, »deshalb dieser Aufzug.« »Ich würde doch ebenso gerne«, er streckte die Arme ein wenig in die Luft, eine sehr beherrschte, kontrolliere Geste, nicht theatralisch genug, dass sie hätte Aufsehen erregen können: aufzufallen, darin lag ihm nichts, das hatte ihn nie interessiert oder bewegt, »aber die Arbeit, Sie wissen, da lässt sich die Uniform«, Gänsefüßchen in die Luft gemalt, »nicht vermeiden.« Sie lachten, gaben die Bestellung auf. »Seien Sie ehrlich«, ihre dunklen Augen ruhten in den seinen, »Sie haben nicht gedacht, dass ich tatsächlich erscheine.« Eine Feststellung. Keine Frage. Nein, das hatte er nicht: in ihrer Nähe, gleich ganz locker, derart ungezwungen hatte er sich wie schon lange nicht mehr gefühlt, fiel es ihm leicht, dies sogleich zuzugeben: »Ich dachte, Sie erlauben sich einen Spaß mit mir«, sie entrüstet, gleich darauf aber losprustend, er war beruhigt: bloß ein Scherz: »Wie können Sie das bloß denken von mir!« Er war sich den Umgang mit Frauen, in seiner Freizeit, nicht mehr gewohnt, spürte er, und zumal mit einer derart jungen Schönheit, und doch, oder gerade deswegen, stellte er die eingangs zitierte Frage, die sie leicht als indiskret, als unpassend hätte empfinden können, eher eine Feststellung, noch schlimmer: daraus muss ein Gegenüber fast zwangsläufig erkennen, dass die Antwort, die man zu geben hat, bereits feststeht, und er, der registrierte, wie dünn allenfalls das Eis war, auf dem er sich bewegte, insistierte deshalb nicht, als er, an jenem ersten Abend, keine Antwort erhielt.

»Ich gehe gerne mit dir aus«, sagte sie, war das zwischen zwei Akten im Theater gewesen, Molière?, oder in der Konzertpause zwischen Mozart und diesem modernen Komponisten, ein Pole?, dessen Name sie beide nicht aussprechen konnten? »Ich habe es nicht gemocht, dieses Stück« würde er später am Abend bekennen, »wir haben es beide nicht verstanden, mein Lieber«, sie, ihn lachend korrigieren: »Wo bleibt dein Stil, du solltest doch Vorbild sein für eine junge Dame wie mich!« Heiter. Doch da, in diesem Augenblick, hatte er zu spüren vermeint: etwas mehr Nähe ließe sie wahrscheinlich zu, vielleicht wünschte sie sogar: er könnte den Arm um meine Schulter legen, meine Hand, »sieh mal, dort drüben«, kurz auf meinen Unterarm drücken, eine freundschaftliche Geste, sie würde Umstehenden unmissverständlich zeigen: da unterhielten sich zwei einander Vertraute, indes: die letzte Gewissheit gäbe dies nicht (demnach die Fantasie und die Weitergabe dieser Beobachtung, von Mund zu Mund: hast du schon gehört?, ich habe kürzlich gesehen, mit eigenen Augen!, also, ich sage dir!), nicht zwingend die Annahme, nicht zu Beginn der Gerüchtekette, jedoch bald danach: ein Paar seien sie: ich könnte schwören, die haben etwas miteinander! »Was die Leute wohl denken von uns?«, sie: amüsiert, »nicht, dass es mich stören würde, aber gleichwohl: ihre Gedanken lesen zu können, dazu möchte ich befähigt sein«, er: lakonisch, »dass Opa seine bildhübsche Enkelin ausführt«, sie: energisch, »ich bitte dich: Vater und Tochter!«, er: nüchtern (lächelnd nur innerlich: manche Männer, Väter, Großväter gar, würden ihn beneiden, Frauen: Mütter, Großmütter, heimlich die Hände ringen: gib, Gott, dass mir und meinen Töchtern diese Verirrung erspart bleibt!), »dass sich ein weiterer ... ok ... gesetzter Herr eine junge Frau geangelt hat, oder sie denken: was findet die bloß an ihm?« Sie hatten gelacht, sich gegenseitig auf jene aufmerksam gemacht, denen schmutzige oder verachtende oder lechzende Gedanken auf die Stirn geschrieben standen. Aber, er versuchte, dies alles amüsant zu finden, womit es nicht weiter von Bedeutung wäre: legte er sich nicht bloß eine Rechtfertigung zurecht, wich er nicht aus, indem er ihrer freundschaftlichen Beziehung einen Stich ins Witzige gab, womit er die wahren Absichten, die Träume, Wünsche, Sehnsüchte, Lüste verschleierte (sich selbst und der Umwelt gegenüber), die er beinahe jedem der Umstehenden durchaus ebenfalls zutraute? Zwar verneinte er die Frage sogleich und vehement, misstraute jedoch seinem Körper und befürchtete, der Kopf könnte seinen Lenden ein falsches Signal senden. Besser somit, lieber rein gar nichts riskieren (dies entsprach ihm: er hatte bis zu diesem Zeitpunkt ohnehin ein fast durchwegs risikoloses Leben gelebt), keinerlei Berührung demnach, nichts, was sein, er nannte es (in Ermangelung eines besseren Begriffs: sein anderes, Begehren entflammen könnte.

Und er begann sich zu fragen (und kannte die Antwort), ob ein sofortiger, ein wenigstens vorübergehender Rückzug nicht die gescheiteste Lösung, ein vorläufiger Ausweg aus dem Dilemma wäre: die Stimmungslage, die langsam hochkochte und leicht zu unüberlegtem Handeln führen könnte, erst einmal etwas abkühlen lassen. Er wollte diese Freundschaft nicht unnötig gefährden, wie schnell, bliebe er und gingen sie erneut miteinander aus, ein weiteres Treffen bereits ausgemacht!, könnte er unter Umständen sich einer unbedachten Geste schuldig machen, unbeabsichtigt, die ihm unter Umständen jedoch völlig falsch ausgelegt würde, und er brächte damit eventuell ein zartes Konstrukt ins Wanken, das er als rein und edel empfand, und das er zu bewahren trachtete, koste es, was es wolle. Diese Gefahr, spürte er, wuchs von Tag zu Tag, die böse, hinterlistige Einrede, er solle es einfach versuchen, gewiss stelle sich nichts Nachteiliges ein, breitete sich in ihm aus wie ein Geschwür, das vermutlich durch keines der herkömmlichen Medikamente zu stoppen wäre. Er wollte verhindern, dass seine Lende obsiegte und seine tiefempfundene, freundschaftliche Zuneigung unterläge.

Wie anders, denn durch sofortige Flucht, fragte er sich, während er auf der Terrasse saß und später, als er im Bett lag und nichts darauf hindeutete, dass er schnell einschlafen könnte, hätte er sich der süßen Verlockung entziehen sollen?, die von ihr ausging und gleichzeitig nicht: jedenfalls unternahm sie nichts, ihm zu gefallen, nichts, das er auch nur als lcisesten Versuch hätte wahrnehmen können, ihn verführen oder wenigstens: ködern zu wollen, um ihn eventuell später, hielte er es kaum mehr aus mit dem helllodernden Feuer in seinem Leib, von der Angel zu lassen: was hattest du denn erwartet, alter Mann? (wobei: Blödsinn, ausgemachter Schwachsinn!, Rebellion in seinem Hirn: diese Reaktion ginge selbst dann nicht von ihr aus, entwickelte sich aus ihrer Begegnung, aller Vorsicht zum Trotz, dennoch eine intime Beziehung). Nichts eindeutig Sexuelles, und dennoch: knisternd lag etwas zwischen ihnen, gleich mit der ersten, jener versehentlichen Berührung im Flur, außer, dass sie sich zum Abschied jeweils die Hand reichten, die einzige überhaupt, hatte es sich eingestellt, sein Empfinden: dieses Gefühl, von ihr nachgerade angezogen zu werden (und gleichzeitig anzuziehen).

Einen kurzen Anruf hatte er getätigt, intern, vom Büro aus, diese Nummer und die geschäftseigene E-Mail-Adresse waren alles, womit sie miteinander in Verbindung treten konnten, wollten sie sich nicht alleine darauf verlassen, sich zufällig auf einem der langen Flure in der Firma zu begegnen (was ziemlich waghalsig gewesen wäre). Nur knapp eine Minute hatte er in Anspruch genommen, nicht, weil geschäftliche Vordringlichkeiten dies nicht anders zugelassen hätten, sondern weil er nicht ausholen, sich nicht erklären wollte, nicht mit einem einzigen Wort (dies wäre ihm mit Bestimmtheit misslungen, befürchtete er, und also hätte sein Versuch mit Sicherheit schlecht geendet, war er überzeugt): ich konnte überraschend einige Tage frei nehmen und fahre gleich morgen in aller Frühe weg, locker dahergesagt, gute Erholung wünsche ich Dir, klang es ebenso unverbindlichheiter zurück, und dass du mir gesund und munter wiederkehrst!

»Tatsächlich, sollst du wissen«, sie inzwischen beim vertraulicheren Du angelangt, dem normalen Umgangston ihrer, von nicht zu unterschätzender Bedeutung einst dieser Schritt vom Sie zum Du für seine Generation, »verhält es sich so: ich gehe kaum aus, und wenn, dann wirklich lieber mit jemandem wie dir. Ich will mich nicht einen ganzen Abend lang fragen müssen, ob ich allenfalls bloß ausgeführt und verwöhnt, mit Lob überhäuft, mit Schmeicheleien bedacht, mit Aufmerksamkeit beschenkt werde und alles bezahlt erhalte, weil sich dieser Jemand an meiner Seite erhofft, mich ins Bett zu kriegen.«

»Na, na, na«, fuhr er dazwischen.

»Ich weiß«, lenkte sie sofort und hastig ein, »ich tue den Männern insgesamt mit dieser Verallgemeinerung wohl Unrecht, und trotzdem…«

»Es gibt vermutlich«, er, »fast ebenso viele ergrauende und ergraute Männer, die sich an junge Frauen heranmachen, wie es junge Männer gibt, die ihre Finger nicht im Griff haben. Wir Alten haben im Verlaufe unseres Lebens gelernt, wie Frauen zu bezirzen, wie sie zu betören sind, viele Männer meiner Generation wissen genau, wie sie ihnen schmeicheln, womit sie ihnen zu gefallen vermögen, und wann, notfalls, der Zeitpunkt gekommen wäre, sie mit einem gut gefüllten Geldbeutel, einem teuren Auto und, sofern die Rechnung aufgeht, einem schicken Appartement zu beeindrucken, weshalb also sollte ausgerechnet ich nicht dazu gehören?«

»Aber ich bitte dich«, lachte sie, »du doch nicht!«

»Weshalb denn nicht? Weil ich kein schnelles Auto besitze, vielmehr gar keines? Weil du mir keine luxuriöse Wohnung zutraust? Du glaubst, ich sei nicht fähig, wirklich charmant mit dem einzigen Ziel zu sein, dich zu verführen? Ich könnte sehr wohl, wenn ich bloß wollte!«

»Dann versuche es«, lachte sie weiter, »du wirst dir die Zähne ausbeißen, also: nur zu!«

»Ich werde mich hüten, die Folgen, vermute ich, wären schrecklich: du gingest nicht mehr mit mir aus, du würdest mich verachten, hassen vielleicht.«

Stille.

Sie legte die Stirn in Falten.

»Komischerweise«, vernahm er sie zögerlich, »denke ich, dies geschähe trotzdem nicht«, wieder dachte sie nach, »und ich bin noch nicht dahintergekommen, weshalb.«

Dann war die tiefe Furche auf ihrer Stirn wieder weg: »Aber lassen wir das, dazu wird es ohnehin nicht kommen. Und sonst werden wir sehen…«

»Wir werden sehen«: unter der Tür, beim Abschied, damals, dasselbe: »wir werden sehen«, von entschieden weitreichenderer Bedeutung damals als heute, wo man jederzeit versuchen kann, dieses Unbestimmte zu unterbrechen, eine SMS, ein Anruf, spontan vom Handy aus, eine E-Mail: rasch geschrieben, schnell verschickt, im selben Augenblick bereits zugestellt. Dannzumal jedoch: schon die nächste oder übernächste Stadt schien eine Weltreise entfernt zu sein, und seine Mutter sähe es bestimmt nicht gerne, wie sie nur schon tat, rief jeweils und nur für ein minutenkurzes Gespräch einer seiner Kollegen an!, wenn er wegen seiner Liebsten das Telefon unter Umständen für dreißig Minuten, vielleicht eine Stunde, blockierte: »Es könnte jemand anrufen wollen!« (obwohl der schwarze Kasten mit seiner großen, runden Wählscheibe kaum je jenes durch Mark und Bein gehende Klingeln ausstieß, das, er empfand dies damals so, selbst Tote zum Leben erweckt hätte). Oder einen Brief schreiben: Tage, Wochen warten auf eine Antwort unter Umständen.

Sie waren nebeneinander liegengeblieben auf ihrem Bett, er hatte den Teddybären gekitzelt, der ihnen die ganze Zeit zugeschaut hatte, und es hatten sich die Abendschatten verlängert und ins Zimmer geschlichen, sie zu frösteln begonnen, sich wieder in seinen Arm gekuschelt: sie wollte nicht zulassen, dass ihre Gemeinsamkeit bereits zu Ende war, »hätte Papa den dummen Baum gefällt«, maulte sie, »schiene die Sonne länger ins Zimmer«, er drückte sie an sich, strich ihr über das Haar, »spielt allerdings, genau genommen, ohnehin keine Rolle mehr, jetzt, wo wir wegziehen.« Ausgesprochen hatte sie somit, wovon sie nicht reden, woran sie nicht einmal denken wollten an diesem Nachmittag, das hatten sie sich hoch und heilig versprochen: beschwöre es!, aber nun war die unmittelbare Zukunft gleichwohl zurückgekehrt, das Unabänderliche, und das Feuer erloschen. Zusammen geduscht hatten sie noch, in der Badewanne, etwas herumgehalbert, eher verkrampft: das Ende, das vorläufige?, das endgültige?, ihrer jungen Liebe in Sichtweite, sich ein letztes Mal ganz nahe gewesen, dann stumm in die Kleider geschlüpft: »ich werde dir schreiben, sobald wir etwas eingerichtet sind«, sie versprochen, und: »ich schreibe zurück«, er ebenso zugesichert, während sie die Treppe hinunter und durch den düsteren Flur zur Haustür gingen: »Und wenn du magst, werde ich dich besuchen in den Ferien, das Geld für die Bahn kann ich mir zusammensparen.«

Dies hatte das ominöse, dieses vage Wirwerdensehen hervorgerufen. Ob sie nicht fortsetzen wollte, was an diesem Nachmittag den Höhepunkt gefunden hatte, ob sie daran zweifelte, dass ihm dies ein Bedürfnis bliebe: Jungs denken doch bloß an das Eine, und haben sie bekommen, was sie wollten, lösen sie sich auch schon in Luft auf, ob sie ahnte, dass ihre Wege sich endgültig trennten, ob sie wollten, oder nicht? Er hatte, während er sehnsuchtsvoll darauf wartete, bloß ein einziger seiner Briefe würde beantwortet, ein Wunsch, der sich nicht erfüllte, darüber lange und oft nachgedacht.

III

Zwei-, dreimal erwacht in der Nacht: ungewöhnlich; er kannte das kaum. Manche in seinem Alter, er wunderte sich immer wieder: dass ihm mehr oder weniger Fremde, alles, was sie verband, war die ungefähr gleiche Zahl an Lebensjahren und dass sie zufällig am gleichen Tisch, in der Bahn im selben Abteil saßen, nebst all dem Banalen, dem Alltäglichen, auch solches berichteten: dass sie keinen Schlaf mehr fänden oder regelmäßig erwachten in der Nacht. Er hingegen konnte sich rühmen, meist durchzuschlafen, »in deinem fortgeschrittenen Alter!«: ein ihn beneidender Gleichaltriger, eines diese Zufallsgespräche in der Kantine, als er, entgegen all seinen Gewohnheiten und eher, um sein Gegenüber etwas zu ärgern, als Persönliches preisgeben zu wollen, zwischen Suppe und Schnitzel mit Pommes davon sprach, wie tief sein Schlaf noch immer sei. »Was macht die Blase?«, hatte selbst sein Hausarzt sich besorgt gezeigt: eine Standardfrage, wusste Thomas Wiederkehr, bei Männern in seinem Alter, und er zur Antwort gegeben, der Wahrheit entsprechend: »Wenn ich schlafe, ruht auch sie, außer, ich habe zuvor zu viel vom Gebrannten getrunken.« Was allerdings ohnehin nicht sonderlich gesund sei: die Antwort seines medizinischen Begleiters seit seiner Jugend, ein schelmisches Lächeln im Gesicht: ausgerechnet er, bald achtzig und, wie Thomas Wiederkehr schien, so vital und geisteswach wie eh, wies ihn darauf hin, er, der bekennende Cognac- und Single-Malt-Liebhaber, der als beinahe Einziger wusste von der Vorliebe, die sie sich teilten.

In dieser Nacht jedoch, am Schnaps konnte es wahrlich nicht liegen, sogar auf sein übliches Glas Wein hatte er verzichtet: mehrere Minuten, wiederkehrend, halbe, ganze Stunden?, er hatte nicht auf die Uhr geschaut, es bestand kein Anlass, es wissen zu müssen, in denen er mit weit aufgerissenen Augen, schweißgebadet, auf dem Rücken liegend, ins undurchdringliche Nachtschwarz starrte, folgend den und gefolgt von wilden Traumphasen, in denen sich alles durcheinander mischte: das weit von der Gegenwart entfernte Damals des ungelenken, gegenseitigen, abwechselnden, gleichzeitigen Erforschens ihrer Körper: immer wieder kehrten seine Gedanken, selbst im Schlafzustand und weitaus intensiver als während des Wachseins, warum bloß?, zu jenem Nachmittag zurück, als sei er der Ursprung, der Schlüssel für alles, was danach, in über vierzig Jahren, geschehen war. Wie absurd!, empfand er, und es verband sich jener Nachmittag mit dem vorläufig letzten Theaterbesuch in Begleitung seiner jungen Kollegin, deren strahlendes Lächeln im Foyer er unvermittelt ins Gesicht seiner damaligen Freundin verpflanzt sah, die in Wahrheit doch irritiert, beschämt, zu ihm hinübergeschaut hatte in jenem Augenblick: nackt bis auf den Slip mit dem kleinen, roten Herz knapp unterhalb des oberen Bündchens (er, als sei er ein Voyeur, ein Spanner, noch vollständig bekleidet: Scham, Ärger, Angst, es vermasselt zu haben), und wieder seine Kollegin, sollte er sie Freundin nennen?, die angerempelte, jene, von der er angerempelt wurde, versehentlich: wird nicht wieder vorkommen, die nun äußerte, was doch gar nicht ihr Text war (auf der Bühne stand sie plötzlich: ihr Monolog, vom Publikum, all jenen, auch den nur sehr flüchtig Bekannten aus der Firma, die begierig waren, endlich mehr von ihm und über ihn zu erfahren, mit frenetischem Applaus bedacht): »mein Wunsch: mach mich, bevor ich hier weggehe, zur Frau«, nahtlos seine Jugendliebe zurück im Geschehen, nackt bis auf das Höschen saß sie neben ihm in der Oper, in der siebten Reihe Parkett, ziemlich in der Mitte der in Tiefblau gehaltenen Sesselzeile, ihr schien es nichts auszumachen, bemerkte sie ihre fast vollständige Nacktheit überhaupt? (weshalb musste es ausgerechnet Tosca sein, die nicht zu seinen Lieblingswerken zählte?), während seine aktuelle, wie das klang: als hätte es viele davon gegeben in seinem Leben!, Begleiterin, die hinter ihnen Platz genommen hatte, ihre Hand auf seine Schulter legte, und mitten hinein in die Musik, in den Gesang, ein eigentlicher Schrei, sich befreiend von einer Last, die sie niederzudrücken drohte?, ins Mikrophon, über die Lautsprecher im ganzen Saal verteilt, das Orchester stockte, der Dirigent blickte ihn, warum mich?, strafend an, die Sängerinnen und Sänger verschwanden: ein veritabler Skandal, notierte der Berichterstatter der renommiertesten Kulturseiten der Stadt (auch er ein »alter Sack«, der es in seiner Freizeit mit der blutjungen Volontärin trieb: was heißt *auch* er?, protestierte der Schlafende, ich doch nicht!), brüllte: »hättest du wohl gern: träumst wohl davon, mit mir zu schlafen, du widerst mich an!«, ihre Hand brannte durch sein blutrotes Hemd hindurch, schrecklich, dieser Aufzug!, und dazu, blickte er an sich hinunter: eine gelbbunte Krawatte und Jeans, er!: es handelte sich um die

Hand seiner Jugendfreundin so gut wie jene seiner heutigen, und ihm schoss durch den Kopf: würde er sie Freundin nennen, wäre dies nicht missverständlich?

Was er geträumt und worüber er danach nachgedacht oder was er überlegt und was ihm im Anschluss im Traum erschienen war, beschäftigte ihn weiter in der für ihn ungewohnt späten Morgenstunde, zu der er nun in der Küche saß. Erschöpft, mit schweißverklebten Haaren, war er gegen das Morgengrauen, endlich!, in einen tiefen, nun traumlosen, gottlob!, Schlaf gesunken und erst gegen neun Uhr wiedererwacht. Eine Tasse Kaffee stand vor ihm, die obligate Morgenzigarette hielt er in der, glaubte er, doch erwies sich dies als Einbildung: leicht zitternden, Hand. Durch das vergleichsweise kleine, weit geöffnete Fenster blickte er in den Tag hinaus und sah dabei zu, wie die Sonne immer größere Teile des steil ansteigenden, bewaldeten Hangs gegenüber ins helle Licht tauchte; bald würde es bei seinem Haus angelangt sein.

Vergleiche, wie er ihn eben zwischen dem Küchenfenster hier und jenem in seiner Wohnung angestellt hatte, tragen es in sich: dass man, was man selten oder gar erstmals sieht und was somit stets irgendwie anders und überraschend ist, am sogenannt Üblichen misst, es mit den genormten zu vergleichen dort, wo sich sein Zuhause befand, sein Lebensmittelpunkt: in jener Stadt war er geboren, aufgewachsen, zur Schule gegangen, hatte seine Ausbildung absolviert und arbeitete noch immer dort, hier hatte er seine Freunde, die meisten von ihnen, der Besitzer dieses Hauses im Süden ausgenommen: allesamt im Laufe der Jahre aus seinem Leben verschwunden:

er hatte sie daraus verbannt oder sie sich verabschiedet oder man hatte sich ganz einfach aus den Augen verloren. In dieser Stadt hatte er geliebt, hatte geworben, war verlassen worden oder hatte verlassen, hier hatte er am Grab seines zu früh verstorbenen Vaters und an jenem seiner Mutter gestanden, die ihrem geliebten Mann viel zu bald ins Jenseits gefolgt war (was immer man sich darunter vorstellt: für manches, dachte er, ist es beinahe unmöglich, ein passendes, ein Wort zu finden, das nicht gleich auf etwas Bestimmtes hinzudeuten scheint: dass man gläubig sei, beispielsweise). Tränenlos war seine Trauer gewesen, wie sie es auch bei allen anderen Abschieden blieb, etwa, als er aus dem sicheren Versteck, das ihm ein Gebüsch auf der anderen Straßenseite gewährte, traurig dabei zusah, ihm war weh ums Herz gewesen in jenen Stunden, er hatte geglaubt, wohl ahnend, sie würden sich nie wiedersehen, nicht mehr atmen und somit nicht weiterleben zu können, wie das Mobiliar aus dem Haus seiner Freundin mit dem weißen Höschen, aufgestickt das rote Herz, getragen wurde und im Schlund eines großen Möbelwagens verschwand, oder, als er sich die Ohren zuhielt, nicht zuletzt in der Hoffnung, es erhielte sich etwas vom Schönen in seinen Erinnerungen, das es durchaus ebenfalls gegeben hatte, und nicht ausschließlich das Gehässiglautschrille, kurz bevor seine damalige Partnerin, sie, wie andere, nur auf Zeit: keine landläufig als definitiv zu bezeichnende Beziehung war je daraus geworden, beim endgültigen Weggehen die Tür ins Schloss knallen ließ: er hatte nie weinen können, nicht einmal in völliger Abgeschiedenheit, bei zugezogenen Vorhängen, geschlossenen Fensterläden und ein Kissen über den Kopf gezogen, was verhindert hätte, dass unter Umständen ein Nachbar, was Thomas Wiederkehr peinlich gewesen wäre, sein Schluchzen mitbekäme.

Der Vergleich der Fenster nun, kehrte er zum Alltag zurück, dieser krampfhafte Versuch, amüsierte er sich gleichzeitig sehr verhalten, an andere Dinge denken zu wollen!, fiel eindeutig zugunsten der städtischen, was deren Größe, und ebenso klar zugunsten derjenigen in seinem derzeitigen Domizil aus, was die subjektiven Attribute wie dieses unbestimmte und sehr persönliche Siegefallenmir oder die Proportionen (zum Raum, bezüglich ihres Verhältnisses zwischen Breite und Höhe, zwischen Fensterfläche und Rahmen, was auch immer) betraf: kleine, mit Sprossen und durch einen dicken vertikalen Mittelstab unterteilte zwei Flügel, passend zum Haus und, wie er fand, passend zu seinem gut strukturierten, sauber geordneten, seinem kleinräumigen Denken, das man an ihm zwar kritisieren mochte: er ist engstirnig!, stur!, er hingegen sehr mochte. Und noch lieber war ihm, seine Umwelt im Glauben zu belassen, er sei nicht fähig, in großen Zusammenhängen, globaluniversal, zu denken.

Und auch daran klammerte er sich, weiterhin streng auf Ablenkung von den eigentlich drängenden Fragen ausgerichtet: er hatte Bücher mitgebracht, drei nur. Packte er jeweils zu viele ein, hatte er schmerzlich erfahren müssen, spornte ihn das keineswegs an, mehr zu lesen, wie man vielleicht, rein mathematisch betrachtet, vermuten könnte: hast du eintausend Seiten dabei, siehst du dich weniger stark genötigt, sie in einer Woche lesen zu wollen, als wenn du drei- oder fünf- oder zehntausend vor dir hast. Im Gegenteil hatte dieser Papierüberfluss einen Großteil seiner Lust aufs Lesen jeweils ziemlich augenblicklich vernichtet, weil er sich nie hatte entscheiden können, wo er beginnen sollte. Worauf er es also sehr rasch einmal ganz ließ: wo beginnen?, diese Frage war ihm angesichts einer größeren Zahl Titel zur nicht zu beantwortenden geworden, nicht, weil er wenig entscheidungsfreudig gewesen wäre, sich festzulegen fiel ihm nur schwer, standen ihm zu viele gleichermaßen verlockende Möglichkeiten offen. Und trotz der aus eigenem Willen beschränkten Auswahl, fragte er sich auch jetzt, welches Buch er zuerst zur Hand nehmen sollte. Vorerst legte sich er sich bloß fest, sich darauf zu freuen, in einer halben, vielleicht einer Stunde erneut auf der von der Sonne beschienenen Terrasse zu sitzen, eines der Bücher im Schoss, in das er sich früher oder später vertiefen würde.

Und einer dritten Frage widmete er sich, auch sie hielte ihn für eine gewisse Zeitspanne davon ab, zurückzukehren zu den düster und bedrohlich über dem Horizont hängenden Fragenwolken, die seine Gefühle und Regungen und somit Gegenwart und Zukunft betrafen. Um ein schwieriges Problem handelte es sich indessen auch hierbei, weil er je nach Antwort, die er sich gäbe, die Weichen für seine Zukunft so oder anders stellen würde, um eine wohl über kurz oder lang einer Antwort harrende Frage, nachdem sein Freund immer öfter und immer intensiver davon sprach, dieses Refugium im Süden veräußern zu wollen, das dem Besitzer scheinbar nichts mehr, ihm selber inzwischen aber ausgesprochen viel bedeutete: dieses alte Gemäuer aus uralter Zeit war ihm äußerst lieb geworden, er fühlte sich hier zu Hause und war normalerweise unerreichbar für alle Sorgen und Nöte und Probleme des Alltags. Und manchmal schien ihm, lag er nachts im Bett, die Vergangenheit, sei wiedergekehrt, es dringe das Knacken, Ächzen und Stöhnen des Holzes aus grauer Vorzeit an sein Ohr, er vernehme das Seufzen jener, die hier ehedem ein karges Leben gelebt hatten, sie flüsterten ihm ihr Leid zu, sie wisperten ihm jedoch ebenso ihre Freuden ins Ohr, die sie trotz allem genossen, und es spiele, weit entfernt, auf dem großen Platz eventuell vor der Kirche, die Musik, sie lade zum Fest, und er höre Gelächter, und, nahe daran, einzuschlafen, oder während er bereits träumte: als schleiche ein Vorfahre durch das Haus, ein längst Verblichener, vielleicht die Großmutter des Vorbesitzers, von der ihm jener erzählt hatte, als er dem Haus, mal sehen, was daraus geworden ist, ein liebenswürdiges Knurren, einen kurzen Besuch abgestattet hatte: eine kleine, gebeugte, eine überaus zähe Frau, die, was damals natürlich vollkommen undenkbar war, sie allerdings hätte es in ihrem unzähmbaren Freiheitsdrang allerdings nur zu gerne gewagt: alleinerziehende, unverheiratete Mutter zu sein, so eine war sie, hatte der sympathische frühere Eigentümer mit einem eigentümlichen Lächeln in seinen Augen dargelegt, also eigentlich keinen Mann an ihrer Seite gebraucht und keinen geduldet hätte, der nicht bereit gewesen wäre, augenblicklich wortlos zu gehorchen (oder wenigstens zu schweigen), verkündeten ihre funkelnden Augen, ihre zusammengekniffenen Lippen, die in tiefe Furchen gelegte Stirn, dass in diesem Punkt, den sie soeben als unverrückbar festgelegt hatte, kein Widerspruch geduldet war. Ein liebenswürdiger Opa, hatte der Vorbesitzer, der zu jenem Zeitpunkt schon über die Schwelle des siebzigsten Lebensjahrs getreten war, erzählt, und er hatte ihn, den über Fünfzigjährigen bei ihrem ersten und einzigen Zusammentreffen beinahe zärtlich »mein lieber Junge« genannt, geduldig, ein wunderbarer Erzähler, einer, der still werkte, ständig etwas in Arbeit hatte, ein Mensch, den alle mochten, während sie meine Großmutter und ihren Zorn, der sie Gift und Galle speien ließ, manchmal, längst nicht immer, denn sie konnte auch sanft wie ein Lamm sein, allerdings stets ungewiss, wie lange dies anhielte, denn mitunter schossen ihre schneidenden Worte völlig unerwartet, aus heiterstem Himmel, aus ihrem fast zahnlosen Mund gleich dem Schwert Gottes, das in Sekundenbruchteilen alle in seiner Nähe enthauptet, bevor man sich vorzusehen vermag.

Sollte er also, vor die Entscheidung gestellt, dieses alte Haus erwerben, in dem es sich derart gut sein, derart gut leben, derart gut denken ließ, das ihn stets so zufrieden, heiter und glücklich stimmte, abgesehen von derzeit, wofür das Gemäuer nichts konnte, sollte er sich, stellte sich die Notwendigkeit ein, sich zu entscheiden, an diesen Besitz binden, obwohl er sich vorgenommen hatte, in seinem Alter, im Hinblick auf seinen dritten und letzten Lebensabschnitt, nicht mehr über das notwendige Maß hinaus sesshaft sein zu wollen, er hatte noch Pläne: das Aufgeschobene endlich tun, nicht nachholen: er hatte es nie vermisst, sich viele Jahre vielmehr darauf gefreut, all das später einmal ganz nach Lust und Laune tun zu können, was er sich für jene nun näherrückende Periode seines Lebens zur Seite gelegt hatte. Reisen beispielsweise, ohne Eile jene Länder und Kontinente, Städte, Dörfer, Landschaften, Berge und Täler aufzusuchen, sie zu sehen und zu erkunden und dort zu verweilen, so lange ihm beliebte, die er seit langer Zeit nicht mehr oder noch gar nie besucht hatte, sollte er tatsächlich, indem er alle bisherigen Pläne begraben würde, hier, in diesem Haus seinen Lebensabend verbringen wollen? Er erwog einmal mehr die Ja, die Vielleicht und die Nein, und er döste darob ein. Unbequem natürlich dieser Küchenstuhl, beileibe nicht gedacht, einem Schlafenden entspannende Erholung zu schenken. Wenige Minuten verharrte er somit bloß so, Minuten indessen, die ihn gleichwohl erfrischten, weil sie frei gewesen waren vom Druck seines eigentlichen Problems.

Ob er sich etwas kochen sollte?, du musst schauen, wenigstens einmal im Tag warm zu essen, Bub, hätte seine Mutter ihn wohl ermahnt, sie nannte ihn immer Bub, selbst als er seinen vierzigsten Geburtstag bereits gefeiert hatte: das kannst du einer Mutter nicht nehmen und nicht verbieten, hatte sie gesagt: dass ich in dir den Bub sehe, das Kind, das ich in mir getragen, das ich unter Schmerzen geboren habe, in dessen Nähe ich stets war, als du aufwuchsest, eben: zum Bub, dann zum Mann wurdest, du wirst immer mein Bub bleiben. Was ihn nicht sonderlich störte, er fühlte sich höchstens etwas merkwürdig berührt, rutschte ihr ein Dasistmeinbub heraus, stellte sie ihn, in aller Öffentlichkeit und mit ihrer bis ins Alter kräftigen Stimme, jemandem vor, denn es hatte durchaus seine schöne Seite: dieses Meinbub gab ihm die Gewissheit, dass anhielt, was er in ihrer Nähe hatte erleben dürfen, seit er klein war: Geborgenheit, Verständnis, Liebe.

Doch erschien ihm fraglich, ob er ihren Ratschlag, der in ihm nachklang und immer nachklingen würde bis zu seinem eigenen Tod, heute befolgen würde: er spürte das Matte in sich, von dem er mittlerweile wusste, es befiel ihn nicht, weil er zu Depressionen, zu damit einhergehender Lustlosigkeit, grundsätzlich zu Trägheit neigte, sondern weil er am Vortag derart weit gereist war.

Wie so manches, das meiste gar, ist »derart weit« selbstverständlich relativ, er suchte, wir mögen schmunzeln, weitere Auswege aus seinem Denkdilemma, das ihn in eine einzige Richtung zwängen wollte, weit gereist war er somit lediglich aus der Sicht eines der Bürger seines Landes, die das Kleinräumige gleichsam mit der Muttermilch einnehmen (und gleichzeitig, was, hatte Thomas Wiederkehr immer wieder beobachtet, andernorts fehlte, ebenso in sich aufgenommen hatten: das Verständnis, dass im Kleinen oft das wirklich Große liegt und es damit nicht nur das Welt bewegende, das den Globus Umspannende zu beklatschen und zu bejubeln gilt, eventuell: im Gegenteil, weil so vieles davon einer genaueren Prüfung nicht standhält, und schon gar nicht, geht der Einzelne dabei vergessen oder unter, sondern dem Unscheinbaren ebenso Beachtung zu schenken ist und dass es gilt, es zu bewahren, es zu schützen, es zu lieben, was, bedauerte Thomas Wiederkehr, jedoch immer stärker in Vergessenheit zu geraten schien. Gerade in seinem Land.). Unter diesen Aspekten hatte er tags zuvor fürwahr eine beträchtliche Distanz zurückgelegt, nämlich vom Nordrand durch den Gotthard in den Süden und, ziemlich unten angelangt, durch eines der dort mündenden Täler hinauf wieder ein gutes Stück dem großen Berg mit seinen gigantischen Löchern für die Bahn und den Autoverkehr entgegen. Er steckte das nicht mehr ganz so spielerisch weg wie auch schon, es mochte an der Bahnfahrt liegen, ohnehin monoton und zumal auf einer Strecke, die er mittlerweile derart gut kannte, dass der stete, staunende, Neues entdeckende Blick durch das Fenster sich erübrigte, oder daran, dass er von dem einen Klima in ein von den umliegenden Bergen bestimmtes zu wechseln hatte, rauer, das Wetter schneller umschlagend: wo eben noch Sonnenschein war, konnte es ziemlich ohne Vorwarnung plötzlich donnern, blitzen und der Regen in wahren Strömen vom Himmel stürzen, als ginge im nächsten Augenblick die Welt unter. Thomas Wiederkehr hatte nie Anzeichen von Schwermut an sich entdeckt, desto unerwarteter hatten ihn derartige Regungen getroffen, als er die Ursache noch nicht kannte, bis er dahintergekommen war, dass sie keineswegs beunruhigend waren.

Und das Verschlossene, das Introvertierte, dass er kaum sprach, und schon gar nicht ein Wort zu viel, das Abweisende: all das hatte nichts zu tun mit seinem Gemüt, sondern mit seiner Wesensart, ganz der Vater, hatte seine Mutter jeweils die Hände vor dem Gesicht zusammengeschlagen, wann immer sie es bemerkte: Jesses, er kommt nach dem Vater. Streng wirkte er zuweilen, exakter: oft, beinahe immer (dass man weiche Züge an ihm wahrnahm, eine Seltenheit): streng zu sich selbst, äußerst diszipliniert, hohe Ansprüche an sich stellend (an sich zuerst!), von seiner Linie nie abweichend (deswegen, umgekehrt, verlässlich: was er einmal sagte oder bestimmte, das galt, darauf durfte man sich getrost verlassen, auf ewig), streng auch seinen Arbeitskollegen, seinen, er hatte sich nie an diesen Begriff gewöhnt, nie gelernt, sie so zu sehen oder so von ihnen zu denken, obwohl er der Abteilungsleiter war: Mitarbeitern gegenüber, wobei ihm Strenge, im Berufsalltag vorab, realistische Forderung, Gleichbehandlung, Anstand und

Abstand bedeutete, Strenge im Tonfall, zugegeben: das Präzise in seinen Anordnungen (kein Wort zu viel, schon gar nicht ein falsches), seiner Analyse, seiner Kritik (hart empfunden zuweilen, niemals aber als ungerecht, unüberlegt, unter die Gürtellinie zielend), selbst in seinem Lob: dies alles konnte man durchaus als Strenge bezeichnen, da er emotionslos vortrug, was er indessen, was niemand wusste, in aller Regel in langer Zwiesprache mit sich selbst, in hartem Ringen und in schwierigen, zähen, aufreibenden, kräfteverschleißenden Verhandlungen mit Verstand und Gefühl sorgfältig erarbeitet hatte.

Streng im Sinn von verschlossen, nachgerade abweisend, erlebte ihn nur, wer zu sehr in ihn zu dringen suchte: auf diese Weise wehrte Thomas Wiederkehr Fragen ab, die ihn als Menschen betrafen. Was ihm zumeist gelang, bevor sie auch nur zu Ende gedacht und fast immer, bevor sie ausgesprochen waren. Zumal es, seine Überzeugung, bei ihm ohnehin kaum etwas zu entdecken gegeben hätte, was von Belang gewesen wäre: Theater- und Konzertabende (alleine, mit Ausnahme dieser jüngsten Phase in seinem Leben und einiger kurzer Abschnitte zuvor), Ausfahrten mit dem Rad, sie, wie auch seine stundenlangen Märsche am liebsten ohne Begleitung unternommen, viele Abende zu Hause, essen, später, im Wohnzimmer: den Single Malt neben sich, ein Buch in Händen, Musik Welche Musik?, hätte man doch gleich wissen wollen, deshalb: schweigen, bevor die Fragen zu intim würden!, bevor, für seine sehr eng gefassten Begriffe, die Neugierigen mit ihren Fragen zu weit gingen; wer die eine Frage beantwortet, befürchtete Thomas Wiederkehr stets, wird all den darauf folgenden nicht ausweichen können.

Er empfand sich ohnehin als normal, als durchschnittlich, also sagte er sich: ich werde mir doch nicht, als der, der ich nun einmal bin, in alledem und manchem mehr, einreden wollen, ich sei genau deswegen außergewöhnlich, ein Einzelexemplar. So wie ich, war er überzeugt, sind doch viele, die meisten Menschen wohl. Weshalb soll mein Ich für meine Umgebung demnach von Interesse sein? Allerdings war ihm gerade dies stets ein Rätsel geblieben: dass jedes menschliche Lebewesen zwar ein Individuum, ein unverwechselbares Unikat war, dies jedoch derart wenigen dieser eigenständigen Lebewesen in ihrem Denken und Handeln, in ihrem gesamten Sein, anzumerken war: warum es ihn bei den meisten Frauen und Männern dünkte, die seine Wege kreuzten, nicht nachhaltig: als kurze oder regelmäßige, jedenfalls als Beobachtungen eines Unbeteiligten, bei der morgendlichen Busfahrt zur Arbeit beispielsweise, in der Bahn, war er geschäftlich oder privat unterwegs, auf den Straßen und Plätzen, den Restaurants, auf Schiffen (nicht den großen, die auf den Weltmeeren, lediglich den kleinen, die auf den Binnenseen verkehrten, die er manchmal benutzte, um mit seinem Rad oder bloß einem Rucksack vom einen zum anderen Ufer zu gelangen), also wo auch immer antraf, als suchten sie nachgerade danach, eine tief verwurzelte Sehnsucht vielleicht, lieber Massenprodukt und Teil einer Meute, statt Einzelstück zu sein, Herdentier statt einsamer Wolf oder eine die Freiheit genießende Katze.

Sie war ihm, die Rückkehr seiner Gedanken zu ihr unvermeidlich, darin wahrscheinlich sehr ähnlich, ein freiheitsliebendes Wesen gleich ihm, das sich in keinen Käfig sperren ließ, sich, so unscheinbar, so bieder, so still und ruhig, so zurückgezogen sie wirkte gleich ihm, keiner Norm zu unterwerfen gedachte, nicht lauthals protestierend, nicht die Öffentlichkeit mit dem Denken, Reden und Handeln schockierend, sondern schlicht: ich bin ich. Und damit basta. War dies der Grund, bei einem Glas Wein in einer Bar nach ihrem vorerst letzten Theaterbesuch hatte er sich dies gefragt, dass sie sich gleichermaßen voneinander angezogen fühlten? Und zudem: er hätte so manches anfügen können (die bescheidene Auswahl betone die Unvollständigkeit der Aufzählung und eröffne wohl eher zusätzliche Fragen, warum erwähnt er dies und jenes nicht?, als etwas Licht ins Dunkel zu bringen): sie war nicht oberflächlich, nicht egoistisch, nicht überheblich, sie nahm sich selber nicht allzu wichtig und war an Menschen, die ihr sympathisch waren (und all die anderen?: sollte mitunter nicht gerade jenes unser Interesse besonders wecken, was wir und damit die Menschen, die es vertreten, ablehnen?), außerordentlich stark interessiert: an ihrem Leben generell (sie zeigte nicht nur Interesse, sie war davon nachgerade befallen, mehr darüber erfahren zu wollen): an ihren Vorlieben und Abneigungen, an ihrer Geschichte, ihrer Gegenwart und was sie sich von der Zukunft erwarteten, erhofften, ersehnten.

»Erzähle mir von früher«, hatte sie ihn an jenem späten Abend aufgefordert, Feuer in den Augen: mehr von dir will ich wissen, alles! Er war irritiert: einerseits hatte sich schon lange niemand mehr dafür interessiert (war dies überhaupt je von Belang gewesen, im fernen Damals gewiss, doch danach?: was denkst, was fühlst du/was hast du gefühlt?, und natürlich: welche Musik magst du, welches Buch, was möchtest du einmal werden?), andererseits: er verspürte keinerlei Angst, das wunderte ihn, kein innerer Widerstand regte sich, kein Widerwille, sich ihr mitzuteilen, von sich zu berichten, es schnürte diese Frage ihm nicht, ohne dass er sich dagegen hätte wehren können, die Kehle zu, und gleichwohl, er war skeptisch geblieben, ob sie es tatsächlich ernst meine, deshalb vorerst seine Frage, mehr Feststellung: »Weshalb, das ist doch derart lange her.«

»Ich möchte wissen, wie es war damals, zum Beispiel, mit der Musik der Beatles und der Rolling Stones und all der anderen aufzuwachsen, was sie in dir, bei dir, bei deinen Freundinnen und Freunden bewirkte und auslöste, diese plötzliche Befreiung aus dem vormaligen Korsett: diese Musik und was mir ihr einherging, muss doch Auswirkungen gehabt haben auf dein, auf euer gesamtes Leben, auf das Verhältnis unter- und zueinander, euer«, sie zögerte eine Sekunde, »Liebes- und Sex-Leben, ihr seid doch die erste Generation junger Menschen gewesen, die wirklich jung sein durfte und dies ungehemmt auskostete, liest, hört, sieht man, noch fern der Ängste und Zwänge von heute, also, verrate mir: wie fühlte sich das an?« Begeistert war sie, rote Backen nicht bloß vom Wein, beim zweiten Glas angelangt, »meine Mutter ist zu jung, um mir davon authentisch berichten zu können, und alleine kann ich dies nicht nachvollziehen und jemanden sonst fragen ebenfalls nicht. Sag also vorerst geschwind: welche Musik war dir die liebste, und, mach dich darauf gefasst: später, wenn uns vielleicht mehr Zeit zur Verfügung steht, möchte ich alles, alles, alles über dich erfahren.«

Er hatte sich in jenem Moment zurückversetzt geglaubt in die vielen Stunden, die er vor dem Radio verbracht und

die neuesten Hits in sich aufgesogen hatte. Was nur ging, solange sein Vater außer Haus war: mach sofort diesen Lärm
aus, sofort, hörst du!, polterte er jeweils los, kaum hatte er die
Wohnung betreten, aber, seine Mutter sich für ihren Bub eingesetzt: so lass ihn doch! Der Kompromiss: auf seinen, war es
der fünfzehnte, der sechzehnte Geburtstag gewesen?, hatte er
ein kleines Radio erhalten, damit er fortan in seinem eigenen
Zimmer Musik hören konnte, aber nicht zu laut, niemals!, von
seinem Vater ermahnt, sonst nehme ich es dir wieder weg!
Natürlich hatte er sich einen Deut darum geschert und Vater
den Widerstand, zähneknirschend, aufgegeben: diese Jugend!,
keinerlei Respekt mehr vor den eigenen Eltern, wie soll das
bloß herauskommen mit dieser Welt! Sollte er seiner Begleiterin vom Marrakesh Express oder von Judys blauen Augen
erzählen: die Songs, die er und sie damals, an jenem speziellen
Nachmittag, gehört hatten (und die genauen Umstände in seinen Bericht gleich einschließen oder sie für später aufsparen,
um sie dannzumal eventuell endgültig unter den Teppich zu
kehren?), der Plattenspieler mit Wiederholungsfunktion aus-
gestattet: war der Arm ganz innen angelangt, schwebte er nach
oben und ging zurück an den Anfang, lange hatte er danach
Crosby, Stills & Nash nicht mehr hören können: sollte er in
diesem Zusammenhang die, pubertäre, Schwermut ebenfalls
nicht verschweigen, die einen Jungen (auch die heranwach-
senden Frauen?) von gerade mal gut sechzehn Jahren befallen
konnte (nur in jener, in der heutigen Zeit ebenso?: vielleicht
würde sie ihm darüber Aufschluss erteilen können), der eben
das erste Mal mit einer Freundin geschlafen hatte, die er nicht
wiedersehen würde, wie ihm ziemlich bald bewusst wurde,

jedenfalls noch bevor der Herbst und der Winter ins Land zogen: ein erstes Brieflein, meine neue Adresse, keinerlei Reaktion auf seine zu Beginn häufigen, täglichen!, später seltenen Versuche, sie zu einer Antwort zu bewegen? Aber er sagte nur: »Man wird nie alles von einem Menschen wissen, nicht einmal, ist man außerordentlich lange mit ihm zusammen.«

»Dann bleiben wir unendlich lange zusammen«, hatte sie gelacht, »was in der Endlichkeit nicht gelingt, wird möglich sein, sobald wir sie hinter uns lassen.«

Die Minuten waren zerronnen, nicht sinnlos vertan: eine jede war Thomas Wiederkehr von Wert gewesen, durchlebt zu sein, die Sonnenstrahlen in seiner Küche eingetroffen.

IV

Der Nachmittag war weit fortgeschritten. Thomas Wiederkehr hatte sich schließlich entschieden, doch etwas zu essen,
nicht viel. Das »große Kochen«, das genussvolle Tafeln, dies
behielt er sich für manche, bei weitem nicht alle Abende vor:
Genuss sollte nicht zur Alltäglichkeit verkommen. Dieser
Spröde, als der er in der Öffentlichkeit wahrgenommen wurde, verbarg die zweite Seite seines Wesens keineswegs aktiv: er
sprach ganz einfach nicht davon, nicht von seinen Vorlieben,
erzählte nie, was er an den Abenden oder an den Wochenenden tat, die er manchmal irgendwo verbrachte, wo ihm mit
ziemlicher Sicherheit niemand aus der Firma begegnen würde und wo ein gediegenes Diner, eine Whisky-Probe auf ihn
wartete: keine noch so winzige Andeutung, er lief nie Gefahr,
sich zu verplappern; Thomas Wiederkehr hatte sich jederzeit
vollständig unter Kontrolle. Seine Kollegen hätten demnach
sogleich beschworen, wären sie dazu befragt worden, er ernähre sich ausschließlich ziel- und wahllos, wie sie ihn an den
Arbeitstagen über Mittag wahrnahmen, wenn er stets, präzise wie eine Uhr, zur exakt selben Zeit in der Kantine seinen
Platz einnahm und ziemlich exakt zwanzig Minuten (es kamen
die je knapp fünf Minuten von und zum Arbeitsplatz dazu),
höchstens dreißig oder fünfundvierzig Sekunden länger oder
weniger lang, darauf verwendete, verschwendete?, Nahrung

in sie aufzunehmen, scheinbar, ohne sich bewusst zu werden, was er in seinen Mund stopfte und ohne, dass man seiner Mimik hätte entnehmen können, ob es ihm schmeckte oder nicht, ein großes Glas Wasser dazu trank und zum Abschluss eine Tasse Kaffee in sich hineinschüttete (da die Zeitlimite, die er sich gesetzt hatte, schon beinahe ausgeschöpft war).

Und Thomas Wiederkehr verwandelte sich auch nicht nach den ersten Schritten (oder während er sie tat), mit denen er sich am Abend vom riesigen Bürogebäude entfernte, gleichsam von der grauen Maus in einen bunten Vogel, ihm war weder Erleichterung anzusehen, dass wieder ein Arbeitstag vorbei war, noch auch nur ein Hauch von Vorfreude darauf, was ihn erwartete (und sei es nur die Freiheit, tun und lassen zu können, wonach ihn gerade gelüstete, zum Beispiel nichts), dies sparte er sich alles für den Moment auf, zu dem er die Wohnungstür hinter sich schloss: das öffentliche und das private Gesicht fein säuberlich getrennt. Seit jeher.

Eigenartig, dachte er manchmal höchstens, noch während er im Bus stand, der ihn beinahe bis zur Tür des Wohnblocks führte, in dem sich seine Wohnung befand, (obwohl er sich auf diesen Fahrten keinerlei Gedanken hinzugeben versuchte, aber die Umstehenden beobachtete und ihren Gesprächen lauschte), dass wir die Arbeit, das Gegenteil von Freiheit somit, nicht als Unfreiheit bezeichnen, mehr noch: dass wir beinahe jeden kritisch beäugen, der sich dieser klaren, scheinbar naturgegebenen (welch ein Blödsinn!, knurrte er, wann immer das jemand behauptete oder als These in den Raum stellte) Gliederung des Alltags: hier Arbeit, dort Freizeit, entzieht, aus welchen Gründen auch immer: Müßiggänger gehört noch zu den freundlicheren Ausdrücken, die wir für jene bereithalten, gleichzeitig beneiden wir sie, ein Appell an die eigene Ehrlichkeit: gib zu, dass dem so ist!, im tiefsten Inneren, was wir uns selbst kaum je und unseren Freunden und Bekannten gegenüber schon gar nicht eingestehen. Neid aber ist eine bedeutsame Triebfeder, die uns über Nächste herziehen lässt, wir schimpfen (stumm zumeist) über jene, die anders sind, die auf die Normen pfeifen, sich an nichts zu halten scheinen, was wir als eherne Werte unserer Gesellschaft betrachten und festgelegt haben, wir verachten, hassen sie mitunter gar und handeln uns damit ein Magengeschwür ein: so viel Ärger, so viel Missmut, so viel Ungerechtigkeit auf dieser Welt!, so ähnlich lamentieren wir, bloß, weil manche sich herausnehmen, wozu uns der Mut fehlt. Meist nur dann, dies als Einschränkung, sind wir skeptisch bis ablehnend, als es sich beim Betreffenden nicht um einen Schriftsteller, Künstler oder Musiker, um Menschen mithin handelt, die sich kreativ betätigen (und solange uns gefällt, was sie erschaffen: dies die Bedingung des kleinen Mannes für Gunst und Bewunderung). Das Prädikat »Künstler halt«, ein Schulterzucken, bereitet in uns gar den Boden, die Vorstellung romantisch zu verklären, wie sie, diese wahrhaft Freien, ach, könnte ich nur sein wie sie (höchstens geträumt), und gleichzeitig die Gewissheit: nie könnte ich leben wie sie (unvorstellbar, heute noch nicht zu wissen, womit ich mir morgen mein Essen kaufen soll), tagsüber in Cafés sitzen und mitunter bis in die tiefste Nacht hinein debattieren, wie sie in der Sonne flanieren und dabei neue Projekte entwickeln, in Gedanken, ihr Blick der hiesigen Welt entrückt, weitertreiben, überdenken, oder auf der Suche nach Ideen sind, die ihnen förmlich zufliegen oder die sie aus Beobachtungen gebären, denen wir Normalsterbliche, weil wir nicht zu sehen und aufzunehmen vermögen wie sie, zwangsläufig verborgen bleiben, oder wie sie während der warmen Monate in einem weitläufigen Garten unter schattenspendenden Bäumen arbeiten oder nachdenken (oder sich zu diesem Zweck während der Wintermonate in südlichere Gefilde begeben), wie sie sich, selbst im Freien!, jederzeit, haben sie Lust und die Gelegenheit dazu, sinnlichen Freuden hingeben: gerade sie malen sich manche von uns wohl in den aufregendsten Farben aus, einem jeden Erdenbürger sei sein Anteil an schlüpfriger Fantasie gewährt.

Dem unerbittlichen Diktat des im Erwerbsleben Stehenden unterworfen zu sein, hatte Thomas Wiederkehr nie sonderlich gestört: er hatte es sich in seinem Leben, wie er fand, gut eingerichtet, der Tätigkeit, der er nachging, vermochte er während der längsten Zeit seiner Berufstätigkeit durchaus Sinn abzugewinnen, die Arbeit hatte ihm Spaß gemacht. In den letzten Jahren hatte sich seine Einstellung zur Arbeit allerdings zu verändern begonnen, was mit der Entwicklung in der Wirtschaft generell und jener insbesondere im Unternehmen zusammenhing, für das er tätig war, und wohl auch mit seinem Alter, vermutete er: zu vieles, was (selbstredend junge) »neue Kräfte« als geniale Idee: eben erst geboren und bislang einmalig in der Arbeitswelt, weitsichtig!, revolutionär!, anpriesen, war in Tat und Wahrheit zu oft zuvor schon beschlossen, eingeführt und ebenso oft bald darauf still und leise, möglichst so, dass niemand es merkte, wieder beerdigt worden, als dass Thomas Wiederkehr die stets lauthals angekündigten

Neuerungen, die angeblich alles und alles gleichzeitig: Arbeitsabläufe, Effizienz, Rendite, ja sogar das Betriebsklima, zu verbessern in der Lage seien, länger jubilierend und fiebrig erwartungsvoll: eine Chance für uns alle, insbesondere jedoch für mich!, begeistert gar beklatschen mochte. Allerdings bedeutete die Ernüchterung, die sich eingestellt hatte und die er weiter in sich wachsen spürte, für ihn nicht, sich seinen letzten Arbeitstag, nachgerade sehnlich, herbeizuwünschen: nur noch so und so viele Tage, Wochen, Monate, wie dies manche in seinem Alter taten. Aber er hatte begonnen, ernsthaft (die ersten Überlegungen reichten bis zu seinem vierzigsten Lebensjahr zurück) über diese Lebensphase und seine Wünsche und Pläne und Absichten nachzudenken: Thomas Wiederkehr wollte, wäre in knapp vier Jahren der Zeitpunkt gekommen, aus der Erwerbstätigkeit auszuscheiden, gewappnet sein. Auch dies ihm eigen seit jeher: auf lange Zeit vorauszudenken, möglichst wenig dem Zufall zu überlassen.

Wahrscheinlich, dachte er mitunter, nicht wehmütig, nicht sich selbst bemitleidend, hatte es deshalb mit einer Partnerin nie so recht geklappt, zumindest nicht über längere Zeit: »Du bist ein Kontrollfreak: alles soll weit voraus geplant und festgelegt sein, nichts willst und kannst du dem Zufall überlassen, welch jämmerliches Dasein: ohne Überraschungen leben zu wollen, du bist ein spießiger, sturer Bock«, hatte die eine seiner Partnerinnen im Begriff, ihn endgültig zu verlassen, geschimpft, »wenigstens ein Bock«, er bloß zurückgelächelt (wie sinnlos es ihm doch erschien, sich deswegen streiten zu wollen: weshalb konnten Menschen ihre Partner nicht einfach akzeptieren, wie sie waren?): wer ihn nicht zu akzeptieren bereit war, wie er nun einmal war, der hatte nichts zu suchen in seinem privaten Leben. So einfach war das!

Und nun dies: diese junge Frau! Ein unbedeutender Zusammenprall auf einem der Flure, und schon war seinem Leben, Denken, Fühlen und Handeln die Sicherheit des Geplanten und beinahe ausschließlich Gewollten abhandengekommen, die ihn ein Leben lang begleitet hatte, und, hatte er mit Verwunderung bemerkt: es störte ihn nicht, verursachte in ihm nicht jenes beklemmende Gefühl, das bislang das Unerwartete, Ungewohnte, plötzlich Eintretende, alles ausgelöst hatte, was nicht planbar und vorhergesehen gewesen war, im Gegenteil: er freute sich, dass das Spontane, nicht, dass er es vermisst hätte in all den Jahren!, zu ihm zurückgekehrt war: hallo, sein Anruf gegen siebzehn Uhr, wie wäre es mit Theater heute Abend, habe soeben gelesen, es gibt noch Karten, treffen wir uns, nur kurz, zu einem Feierabendwein (dem sich, ebenso ungeplant, dann doch ein gemeinsames Abendessen angeschlossen hatte)?, indes: war die Spontaneität tatsächlich zurückgekehrt, oder erlebte er sie zum ersten Mal in seinem Leben? Thomas Wiederkehr vermochte diese Frage nicht zu beantworten.

Er schob den gepolsterten Stuhl auf der oberen Terrasse wieder ins gleißende Licht der ihren Weg über den wolkenlosen Himmel ziehenden Sonne. Er vermochte sich nicht daran zu erinnern, wie sie zusammengekommen waren, seine erste Freundin und er, damals: hatte sie, hatte er den ersten Schritt getan, wenigstens jenes eine Mal, in seiner Jugend? Ihm war nur noch geläufig, dies allerdings in allen Einzelheiten, als wie schwierig es sich erwiesen hatte, ihr (und sich selber) diesen größten Wunsch zu erfüllen, jenen, in der damaligen Denkweise und Sprache geäußerten und ihm so erhalten gebliebener, der einen bedeutenden Schritt im Leben darstellte, einschneidend, endgültig: »Mach mich zur Frau!«

Sie waren erst gerade fünfzehn geworden und somit hatte, zu ihrer Zeit schon gar nicht!, keinerlei Aussicht darauf bestanden, »es« an einem Abend oder in der Nacht tun zu können (und bis am Morgen zusammenzubleiben: daran war schon gar nicht zu denken gewesen: du gehst mir nicht mehr aus dem Haus, nicht zu dieser Uhrzeit, werweiß, was dir geschehen könnte!, und über Nacht wegbleiben zu wollen: das fehlte gerade noch!, nicht in deinem Alter!, darin waren sich, damals, die Eltern von Töchtern und Söhnen, darüber brauchte es keinerlei Absprache, vollkommen einig), und hätte es rein theoretisch doch klappen können: wohin hätten sie denn gehen sollen? Sie hatte sich eine intime, eine Umgebung gewünscht, die diesem wichtigen, diesem einmaligen Ereignis entsprach, er ihr beigestimmt und alles abgesucht, mit zunehmender Verzweiflung, nachgerade verbissen sich in jene Aufgabe gestürzt (was ihm in seinem späteren Berufsleben erhalten blieb: scheinbar unlösbare Probleme ließen ihn nicht aus ihren Klauen, bis sie allen Widrigkeiten zum Trotz und unerwartet für jene, die sie, aus Bequemlichkeit oder aufgrund ihrer eigenen Erfahrung, als nicht zu bewältigend einstuften, gleichwohl gelöst waren): keine Möglichkeit ausgelassen hatte er auf der Suche nach einem Plätzchen, das ihrer Vorstellung entsprechen könnte, verklausuliert hatte er selbst mit seinen

Freunden gesprochen: »der Sohn einer Bekannten meiner Mutter sucht für, du weißt schon, einen verschwiegenen Ort für einige Stunden oder eine ganze Nacht«, schließlich ging es ja nicht einfach um etwas Sex!, aber, wurde ihm immer deutlicher bewusst, je länger er suchte: es war wohl ein Ding der Unmöglichkeit. Keine Wiese durfte es sein, nur durch Gebüsche von neugierigen Blicken getrennt, keine mäßig versteckte Parkbank, und hätte sie in der allerdunkelsten Ecke des Parks gestanden, schon gar nicht die, schmuddelige, igittigitt!, hätte sie wohl augenblicklich gerufen und sich angewidert von ihm abgewandt, Matratze im Gartenhaus eines seiner Kumpel, nicht im Haus oder in der Wohnung einer Schulfreundin wollte sie sich ihm hingeben, diese Möglichkeit immerhin hätte ihnen, aber nur zwischen halb drei und fünf Uhr, dann kommt Mama nach Hause!, offengestanden: die Freundin, befürchtete sie, hätte bestimmt an der Tür gelauscht und, falls nicht oder gerade deswegen, danach von ihr mit Bestimmtheit einen Bericht über jede Einzelheit erwartet: abgelehnt, verworfen, vom Tisch auch dies.

Die Lösung dieses somit reichlich verzwickten Problems erwies sich, von den Umständen begünstigt, letztlich als dennoch und überraschend einfach (woraus er fürs Leben lernte: man darf nie zu weit suchen, wenigstens nicht im Entfernten beginnen!): ihr Zimmer zu Hause! Ihre Eltern waren vom künftigen Chef ihres Vaters zum Essen eingeladen worden und würden erst spätnachts nach Hause zurückkehren: dein Essen steht im Kühlschrank, und dass du gleichwohl um neun Uhr im Bett bist, junge Frauen in deinem Alter brauchen ihren Schlaf! Sie hatten Kerzen angemacht, obwohl es heller Nachmittag war, und ihre Lieblingsmusik aufgelegt, Judy Blue Eyes, Marrakesh Express und so weiter: immer und immer wieder die erste Seite der LP von Crosby, Stills & Nash, stets erneut und automatisch von vorne abgespielt, ihrem modernen Plattenspieler sei Dank!, in den Bäumen neben ihrem Haus jubilierten die Vögel und die Sonne schien auf die kleine, runde Brust seiner Freundin, sie hatte erst die Hände, zaghaft!, nach ihm ausgestreckt, lächelnd, als sie, nur noch in ihrem weißen Höschen mit dem kleinen, roten Herz vor ihm, dem noch vollständig Angezogenen stand, für einen ewig dauernden Augenblick (oder empfand er die Dauer jenes schrecklichen Moments erst im Rückblick als derart lang?) wie Erstarrten, sie hatte ihn angeschaut und war sich dabei schlagartig ihrer eigenen Nacktheit bewusst geworden, ihre Scham war wiedererwacht: sie hatte erst die Arme sinken lassen, jedoch, als er sich weiterhin nicht von der Stelle rührte: bloß lüstern ansehen kann er mich!, sie unverzüglich wieder angehoben und schützend vor ihre Brüste gelegt, gleich griffe sie, erst dieser Gedanke riss ihn aus der Lethargie, hinter sich, Tränen in den Augen, und nach ihrem Kleid: ließe er es so weit kommen, wäre der Moment vertan und die Magie des Augenblicks unwiederbringlich zerstört. Hastig hatte er also, die Augen starr auf seine Hände gerichtet, Thomas Wiederkehr durchlebte diese Momente erneut, als ereigne sich alles just in diesem Augenblick, nach dem Bund seines Pullovers gegriffen und ihn hochgezogen: der flache Bauch, die Brust kein Problem, insgesamt jedoch zu hastig: das Gestrick verhedderte sich am Kinn, was ihn beinahe verzweifeln ließ, und er wäre er vor Aufregung um ein Haar nicht in der Lage gewesen, den Pulli ganz über den Kopf zu streifen und ihn zu Boden fallen zu lassen, und sie sah er somit erst wieder, als sie, vor ihm kniend, seine Hose bereits geöffnet hatte, beinahe wäre er dabei…, wie peinlich das gewesen wäre!, und er beobachtete sie dabei, ohne sich rühren zu können, wie sie das Tuch sorgsam, damit seine bunte Unterhose, Donald Duck: noch peinlicher als seine deutlich erkennbare Erregung!, nicht gleichzeitig ins Rutschen käme, über die Beine hinunter schob, ihm die Schuhe auszog und die Hose folgen ließ, sogar seine schwarzen Socken von seinen Füßen streifte: sie hatte gelächelt, ihn bei der Hand genommen; Seite an Seite hatten sie sich auf ihr Bett gelegt und weiter die Mathe-Aufgabe besprochen: was wollte ihm dies nach all den Jahren sagen? Da bestand doch keinerlei Zusammenhang zum Heute!

Er beabsichtige offenbar tatsächlich, spöttelte die Stimme seines Freundes in ihm, mit ihr zu schlafen, hätte ich nie von dir gedacht, mein Lieber!, und fuhr fort: hör demnach bloß und subito auf, dich mit der Vergangenheit herumzuquälen!, ich weiß zwar nicht, an wen aktuell du denkst, es genügt mir jedoch zu wissen, was du über sie denkst, um dir zu raten: leg sie flach, so, wie du dir schilderst, wartet sie nur darauf, wie primitiv deine Ansicht, wie abstoßend!, wehrte er sich in seinem ihn peinigenden Tagtraum, wie kann mir das geschehen?, wo ich doch mit offenen Augen auf der Terrasse sitze, eines der dicken Bücher, noch unentschieden, ob er es tatsächlich anheben und aufschlagen sollte, im Schoss, er las nur umfangreiche, schwere Werke, während er hier war, erstens tat ich das nie, dir ist das bekannt…, dann beginne endlich damit, bevor es zu spät ist!, lebe, verdammt noch mal, beginne endlich zu leben!, ...und zweitens glaube, nein weiß ich inzwischen: meine Gefühle für sie sind ganz anderer, nicht sexueller Natur, ohne dass ich bisher dahintergekommen wäre, welcher Art sie wirklich sind, beinahe winselte er nun um Verständnis, alles dumme Ausreden: das ohrenbetäubende Gelächter seines Freundes: du versuchst dich herauszuwinden, weil du dich nicht traust, was kann daran so schwer sein?, ich will nicht: das ist alles, moralische Bedenken?, dass ich nicht lache!, für dich ist alles so einfach, worum, grinste sein Freund zurück, gib es zu!, du mich beneidest, mein Gott, bewahre!, entfuhr es Thomas Wiederkehr, normalerweise verabscheue ich Typen wie dich, die jede Frau ins Bett bekommen wollen, bloß bei dir gelingt mir das nicht, weißderteufelweshalb!

Und ehe er es sich versah, war die Stimme seines Freundes auch schon verstummt.

Es entfuhr ihm, ungewollt, ein befreites »endlich«, als die Sonne ihre letzten Strahlen ins Tal schickte: nun war es an der Zeit, an Entrecotes, gedämpfte Pilze, Risotto, gemischten Salat und an die gebrannte Creme und an all die Zutaten und die Vorbereitungen und die Reihenfolge zu denken, die er bei der Zubereitung einzuhalten hätte, damit alles gleichzeitig bereit wäre, zum Tisch getragen zu werden: glücklich über die neuerliche Ablenkung!, und Thomas Wiederkehr wollte den Merlot nicht vergessen, den besseren!, den hatte er sich redlich verdient, befand er, den er zu alledem trinken, und begann sich nicht zuletzt auf den Grappa zu freuen, den er zum abschließenden Espresso genießen würde.

Er legte das Buch beiseite, erhob sich langsam, schob den bequemen Klappsessel zusammen und trug ihn vorsorglich zurück ins Haus, man konnte nie wissen: das Wetter schlug mitunter schnell um in seinem Tal, das von hohen Bergzügen umgeben war, er hatte dies oft genug erlebt.

Thomas Wiederkehr stieg die Treppe hinunter, der Weg zur Küche war steil, aber kurz.

V

Es duftete, was ihm in die Nase stieg, Eigenlob stinkt, hatte er in der Schule gelernt, unterstützt, bekräftigt durch seine Eltern: ein Beispiel wahrhaftig gelebten Lebens, ihm Vorbildung und Bestätigung, dass diese Daseinsweise die richtige war, auch für ihn, damals und in alle Zukunft: wir sind einfache, ehrliche, bescheidene Leute, seine Mutter, wir haben es beileibe nicht nötig, uns selber in den Himmel hinauf zu heben, doch kam er an diesem Abend nicht umhin, es hörte ja niemand zu, niemand sah den zufriedenen Ausdruck auf seinem Gesicht, sogleich als verführerisch zu loben, was er roch, und er beglückwünschte sich, im Geist sich auf die Schulter klopfend, zum gelungenen Mahl, vorerst wenigstens, soweit dies die Dutftnote betraf. Ob dem Gaumen ebenso schmeicheln würde, was der Nase überaus gut gefiel, müsste sich erst noch weisen.

Der Tisch war gedeckt, die Kerzen sandten munterflackerndes, an seinen Rändern mit der Düsternis des hohen Raumes ins Geheimnisvolle ineinanderfließendes Licht in die Küche mit ihrer dunklen Holzdecke, schwere Balken, dazwischen schmales Getäfer von einem etwas helleren Braun, aber dennoch: kein junges Holz ohne Fehl und Tadel (das gleich vermuten ließe, es handle sich um eine Nachbildung): von ihrem früheren Baumleben vielmehr geprägtes und lebendig erhaltenes. Könnte es Geschichten erzählen, Thomas Wiederkehr hätte ihnen nur zu gerne gelauscht, reichten sie mit Bestimmtheit viele Jahrzehnte, wenn nicht über hundert, gar Hunderte?, Jahre zurück (das denkt sich so leicht daher, aber man stelle sich vor: das Gemäuer über vierhundert Jahre alt, was dabei an Erkenntnis über die Vorfahren und deren wirkliches, nicht das Leben, wie es in den Büchern beschrieben wird, identisch oder ähnlich eventuell, vielleicht aber auch ganz anders, zum Vorschein käme!) Der Wein, sein Merlot, den er so sehr liebte, der bessere: sein Freund lagerte zwei Sorten in beachtlichen Mengen, und Thomas Wiederkehr durfte sich nehmen, von welchem und so viel er wollte: greif nur zu, ich habe mich in letzter Zeit mehr dem Bordeaux zugewandt, Irène, eine meiner Verflossenen, hat mich auf den Geschmack gebracht, war entkorkt (und vorgekostet), Fleisch, Pilze und Reis hatte er, dem Auge wohlgefällig, angerichtet auf dem edelsten Keramik, das dieses Haus zu bieten hatte. Thomas Wiederkehr übersteigerte dieses Geschirr, was zweifellos einflösse in die Erinnerung, ein trügerisches Bild entstünde daraus, in seinen Gedanken zu einer Kostbarkeit, der es über das Normale hinaus besondere Sorgfalt zu tragen gelte. Der Salat schließlich begrüßte ihn in seinen bunten Farben auf einem tiefschwarzen Beistellteller, ebenso entdeckt in den schier unergründlichen Tiefen des Geschirrschranks: dezentprächtige Farbtupfer, nicht wegzudenken aus seinen Kreationen: etwas Rot und Grün auf sattgrünem Bett.

Alles war somit bereit; Thomas Wiederkehr löschte das elektrische Licht, anders als bei Kerzenschein schien ihm der bevorstehende Genuss undenkbar zu sein, ein Frevel nachgerade, und begab sich gemessenen Schritts zu seinem Platz, als wäre er von einem unsichtbaren, distinguierten, älteren Bediensteten dahin gewiesen worden, ließ sich behutsam nieder auf dem einfachen Stuhl, in seiner Vorstellung nun ein herrschaftlicher Sessel, das Prunkstück eines gepflegten Schlosssaals, ihm allein vorbehalten und ihm stets sogleich reserviert, kündigte er sein Kommen an: reich verziert mit Schnitzereien und die gepolsterte Sitzfläche überspannt mit edelstem Stoff. Seine Augen glitten über die Speisen, zufrieden, ja begeistert, was sie aufnahmen, nun waren bereits zwei Sinne überzeugt, es sei alles vortrefflich gelungen, und er verharrte ein wenig, nicht im Gebet, ihm war selten nach dieser Förmlichkeit, indes: sein Innehalten entsprach dessen Sinngebung: in tiefempfundener Dankbarkeit nämlich, hier sein und in dieser wohltuenden Ruhe gleich ein köstliches Mahl genießen zu dürfen, das er selber zubereitet hatte (wie viele Männer sind nicht einmal in der Lage, ein Ei in die Pfanne zu schlagen!), griff zum Glas, um sich, nachdem er sich selber zugeprostet hatte, einen ersten Schluck Wein zu genehmigen, das Vorkosten, noch in seiner Rolle gewissermaßen als Personal, als um das Wohl seiner selbst als nachmaliger Gast besorgter Gastgeber, zählte nicht.

Indes klopfte, mitten in diese umfassende Stille hinein, jemand laut vernehmlich an die schwere Holztür, die Küche und Außenwelt voneinander trennte. Thomas Wiederkehr war zusammengezuckt ob dieses völlig unerwarteten, dieses grässlichen Lärms: Wer wollte es wagen, ihn in seiner Andacht zu stören?

Erstaunen löste dieses Gehämmer aus, um kein aufgeregtes, kein sorgenvolles, eines voller Angst, handelte es sich, erkannte er gleich: Hilfe, ich werde verfolgt, da will mir jemand Böses, bitte gewähren Sie mir Einlass und Schutz!, eher um ein behutsames, ein freundlichfragendes: bist du da drin?, ich möchte dich besuchen, darf ich? Nicht etwa Ärger oder Wut machte sich in ihm also breit, weil er aus seiner stummen Bewunderung für sein Werk gerissen worden war, Verwunderung gesellte sich dazu: er erwartete selbstredend niemanden, und es würde niemand spontan vorbeikommen, schon gar nicht jemand aus dem Dorf. Und Bekannte aus der Stadt? Unmöglich! Niemand wusste von seinem Aufenthalt hier. Freunde also eventuell seines Freundes? Wohl kaum, verwarf er den Gedanken: die empfinge sein Freund kaum hier, die meisten seiner zahllosen Bekannten wüssten wohl gar nicht, dass er dieses einfache Haus hier besaß, es passte nicht zu seinem Image, seinem Habitus. Viel eher war ihnen wohl die Adresse seiner luxuriösen Dachwohnung in der Stadt geläufig: hier empfing er Gäste und ließ wohl regelmäßig später Verflossene nächtigen, vermutete Thomas Wiederkehr, diese Wohnung gab etwas her, sie entsprach dem Mondänen, das er mit seinem gesamten Erscheinen ausstrahlte: stets perfekt gekleidet, samt und sonders Maßanzüge, vermutete, wer immer ihn sah, braungebrannt das ganze Jahr hindurch, ein Grandseigneur, der leise und eindringlich sprach, gepflegt, kaum je Umgangssprachliches in seiner Rede (außer, wenn er ihn, wie eben auf der Terrasse, in seinem Tagtraum verhöhnte). Er war fürwahr in mancherlei Hinsicht das pure Gegenteil von Thomas Wiederkehr, in anderen Belangen allerdings waren sie einander ähnlich, in der genießerischen Hingabe zu feinem, erstklassigem, exquisitem Essen und Trinken insbesondere. Was der eine mit der Vorliebe für schöne Frauen, der andere der beiden Freunde mit jener für schöne Musik und gehaltvolle Literatur kombinierte.

Das Klopfen würde er nicht einfach ignorieren können, war sich Thomas Wiederkehr bewusst, da könnte er sich noch so still verhalten in seiner Küche: Wer auch immer vor der Tür stand, brauchte bloß auf die schmale Straße vor dem Haus zu treten, um das Flackerlicht im Fenster und damit zu erkennen, dass jemand zu Hause war (dessen hatte, wer immer da klopfte, sich zuvor wohl ohnehin versichert). Er würde nachsehen müssen, keine Frage, stöhnte Thomas Wiederkehr innerlich, ihm bliebe nichts anderes übrig, so schwer es ihm fiel, sich vom Essen abzuwenden, noch bevor er einen einzigen Bissen gekostet hatte.

Vielleicht, hoffte er, handelte es sich um einen Irrtum: das falsche Haus, das falsche Dorf, das falsche Tal, oder, beziehungsweise deshalb: dieser Jemand könnte etwas oder jemanden suchen, hatte das Licht in der Küche bemerkt und beschlossen, in diesem Haus nachzufragen. Aber weshalb gerade hier? Ein rhetorische Frage: dem noch immer abwartend Verharrenden war sehr wohl bewusst, dass zu dieser Zeit in der gesamten Zeile kaum ein Haus bewohnt war, allesamt waren es Ferienhäuser, Leben darin und darum herum gab es fast ausschließlich während einiger weniger Sommerwochen, und die große Ferien- und somit Reisezeit war noch nicht angebrochen. Vielleicht verkündeten sich rasch entfernende

Schritte gleich, die Gefahr sei vorüber, der unerwünschte Störenfried, die lästige Besucherin hätte das Vorhaben aufgegeben, ihn stören und eine Banalität in Erfahrung bringen zu wollen: wo, bitte, geht es hinunter zum Fluss?, isst man im Restaurant oben an der Straße gut? Jedoch war nichts dergleichen zu vernehmen.

Die Sache ließe sich bestimmt in kürzester Frist erledigen: seine (nächste) Hoffnung, während Thomas Wiederkehr zur Tür ging, sie einen winzigen Spalt weit öffnete, gerade genug, um hinauslugen zu können, alarmiert, seit eines Abends im vergangenen Herbst ein angeblich stummer Bettler geklopft hatte, der, kaum stand die Tür offen, die Blicke an ihm vorbei gesandt und durch den Küchenraum hatte schweifen lassen, als wolle er auskundschaften, ob es bei einem allfälligen Einbruch etwas zu holen gäbe. Thomas Wiederkehr äugte vorsichtig, nur gering neugierig, in das Nochhelle des Abends hinaus. Eine Person erblickte er, die einen Schritt von der Schwelle zurückgetreten war, als befürchte sie, vom argwöhnischen Bewohner sogleich tätlich angegriffen zu werden. Lächerlich, dachte Thomas Wiederkehr, als er dies wahrnahm: wo ich doch keiner Fliege etwas zuleide tun könnte!

Erst jetzt besah er sich die ziemlich verschreckt, verständlich: so mürrisch, wie er dreinschaute!, auf ihn wirkende, die weibliche Person genauer, die in einigem Abstand zu ihm auf dem Absatz vor dem Eingang stand.

Jeder Andere (fast jeder Andere: gleich mir, korrigierte sich Thomas Wiederkehr sogleich, sollten sich alle menschlichen Wesen vor Verallgemeinerungen hüten) hätte in diesem

Sekundenbruchteil plötzlichen Erkennens wohl ausgerufen: »Was machst du denn hier?«, oder, was man unter Umständen als wenig schmeichelhaft empfände, obwohl es nur Ausdruck vollkommener Überrumpelung wäre: »Dich hätte ich zuletzt erwartet!«, vielleicht auch, bereits wieder etwas gefasster, das Staunen in Ablösung, die Freude im Aufkeimen begriffen: »Wie schön, dich so unvermutet zu sehen!«

Er aber stand reglos in der offenen Tür, wie damals, schoss es ihm augenblicklich durch den Kopf: unfähig, mich zu rühren, außerstande, auch nur ein Wort hervorzubringen, vollständig bekleidet mitten in diesem Zimmer mit einem Poster der Beatles und je einem zweier Sänger an der Wand, an deren Namen er sich nicht zu erinnern vermochte. Er blickte in ein strahlendes Gesicht, versuchte sich zu fassen und meinte endlich in seiner gewohnt nüchternen Art: »Du kommst genau richtig, das Essen steht bereit!«

Erst als sie, ihre entweder etwas groß geratene Hand- oder die bemerkenswert kleine Reisetasche noch in der Hand, bereits eine ganze Weile mitten in der Küche stand, er war zur Seite getreten und hatte ihr mit einer galanten Bewegung des Arms bedeutet, einzutreten in sein Reich, und nachdem sie, was sie aufmerksam gemustert hatte: den gedeckten Tisch, die schweren Balken, die eher spartanische, altertümliche Einrichtung mit dem gusseisernen Holzherd, das Fenster mit dem Blick ins Grün, über das sich langsam die Nacht zu senken begann, mit einem heiter dahingeworfenen »wie schön!« bedacht hatte, erkannte er seine sich überschlagenden Gedanken als wieder einigermaßen geordnet, sein Hirn soweit befreit von den sich jagenden, sich diametral gegenüberstehenden Überlegungen und ahnte sich der Zunge somit wieder soweit mächtig, dass er es seiner Ansicht nach wagen konnte, noch hatte er die Besucherin nicht gebührend begrüßt, wie gerne hätte er sie in die Arme geschlossen, doch hätte sie seine plötzliche, diese unerwartet spontane Annäherung missdeuten können, sie wenigstens mit einigermaßen sicherer Stimme zu fragen: »Was führt denn dich hierher? Wie hast du mich überhaupt gefunden?« Der Bann war gebrochen.

Sie drehte sich um, blickte ihm lachend in die Augen, sie hatte artig, nicht etwa Ungeduld zeigend oder leicht verärgert, weil er schwieg, darauf gewartet, dass er zu sprechen begänne: »Zwei Fragen, zwei einfache Antworten.« Etwas spöttisch erschien sie ihm in diesem Augenblick, aufgekratzt eventuell, was sich sogleich wieder legte: nun wirkte sie konzentriert, ehrlich interessiert: »Ich war neugierig, ich wollte sehen, wie du hier lebst: die einfache Antwort auf deine erste Frage. Den zweiten Grund, weshalb ich hier bin, werde ich dir später nennen. Wie ich dich gefunden habe, Frage zwei: das war erstaunlich leicht! Du hast mir kürzlich erzählt, wem dieses Haus gehört und dass du oft hierherkommst. Ich wiederum kenne deinen Freund. Besser: er mich. Ein wenig nur. Nicht, was du denken magst. Keiner der reiferen Männer, mit denen auszugehen mich reizt. Also habe ich ihn angerufen und nach der Adresse gefragt.«

Es fielen ihm gleich mehrere Anschlussfragen und einige weitere, grundsätzlichere ein, die er sich selber und ihr stellen wollte oder sollte oder müsste. Ich werde zuwarten müssen, ermahnte er sich, nun bloß nicht in Hektik (schon gar nicht in Panik!) verfallen, allerdings bedrängte ihn gleichzeitig sein Freund erneut, der ihm zuzuraunen schien: los mach schon, wage es! Er versuchte, diesen Dämon zu verscheuchen, was, war er sich bewusst, höchstens vorübergehend gelänge: er verzog sich bloß hinter den nächsten Stein, nicht einmal sonderliche Mühe gab er sich, ein Versteck zu suchen, das ihn zur Gänze verborgen hätte.

Stumm legte er ein zweites Gedeck auf. Dass nicht für beide reichen würde, was er zubereitet hatte, war ausgeschlossen. Diesbezüglich hatte Thomas Wiederkehr sich keinerlei sorgenvollen Gedanken hinzugeben: meistens ergab, was er kochte, garte und briet, zwei bis drei Mahlzeiten. Er holte ein weiteres Glas aus dem Schrank und füllte es, ohne sie zu fragen, zur Hälfte mit Merlot.

»Aber setz dich doch«, bedeutete er ihr zwischendurch, grinsend: er nahm die Verlegenheit wahr, die sich unvermittelt zwischen sie geschlichen hatte: sie waren sich noch nie zuvor so nahe gekommen, zumal allein im selben Raum! In Gesellschaft fällt es um einiges leichter, sich ganz normal und ungezwungen zu verhalten, also versuchte er, die Beklemmung mit einem flotten Spruch zu eliminieren: »Dies ist keine Imbissstube, du brauchst nicht im Stehen zu essen.«

Sie sah ihn kurz an, ein, allerdings im letzten Moment unterdrücktes, ein schelmisches, vertrautes: so mag ich dich und du weißt es, Zwinkern in den Augen. Er erkannte ihre nicht ausgeführte Absicht indessen sogleich: so viel wusste man bereits voneinander.

Sie ließ sich nieder.

»Du bist überrascht, nicht wahr?«

Sie besah sich den gedeckten Tisch ein weiteres Mal, während sie fortfuhr, bevor er antworten konnte, als hätte sie es sich anders überlegt: was machte es schon aus, ob er ihr seine Überraschung gestand oder nicht?, die Antwort war ohnehin aus seinem Gesicht, zudem überdeutlich, abzulesen: »Ich habe einen Bärenhunger, ich hoffe, du bekommst, obwohl ich gleich kräftig zulangen werde, etwas ab von alledem, die Reise war ganz schön lang und anstrengend.«

Er schaute sich die unerwartete Besucherin immer wieder von der Seite an, während sie aßen, ohne ein Wort zu wechseln. Sie schien tatsächlich ausgehungert zu sein, pure Freude breitete sich in ihm aus: der Applaus für den Koch besteht weitgehend darin, dass schmeckt, was auf den Tisch gezaubert wird, und trachten die Gäste nicht danach, ihr Wohlgefallen zu verbergen.

Erst, als sie den Teller mit einem »ich kann nicht mehr, sonst platze ich«, von sich schob, das Glas hob und es in einem einzigen Schluck fast leer trank, wagte er es, sie zu fragen: »Weshalb also bist du hierhergekommen?«

»Ich liebe es, Menschen zu überrumpeln, ich bekenne mich schuldig, Herr Staatsanwalt«, lachte sie, »meine Mutter sagt immer: „Das kannst du nicht tun, viele Menschen mögen das nicht“, und trotzdem mache ich es immer wieder. Viele Menschen erlebt man nur, wie sie wirklich sind, gewährst du ihnen keine Gelegenheit, sich auf ein Zusammentreffen vorzubereiten. Und danach suche ich: nach den wahren Gesichtern hinter der Maske.«

»Misstrauisch?«

»Ich glaube schon.«

»Schlechte Erfahrungen?«

»Wer macht die nicht!«

»Du wolltest also sehen, ob ich jeweils eine Maske trage, wenn wir ausgehen?«

»Nein«, sie lachte wieder, »Vorsicht: Fettnäpfchen!«, sie verdrehte theatralisch die Augen und bekannte, kaum eines auszulassen, sie lande stets zielsicher und mit beiden Füßen mittendrin, »ganz und gar nicht, obwohl«, ihr Kichern klang beinahe wie jenes eines pubertierenden Teenagers, »die Vorstellung, dich etwas aus der Fassung zu bringen und aus der Reserve zu locken, mich durchaus gereizt hat, zugegeben. Schlimm? Zu Hause hast du dich immer dermaßen perfekt unter Kontrolle, kein Vorwurf!, im Gegenteil: manchmal bewundere ich dich deswegen, ich beneide dich darum, aber du wirkst mitunter etwas steif, da wäre es doch ganz schön, malte ich mir aus, kindisch, wirst du vielleicht sagen, dich einmal in einer anderen Umgebung zu sehen, weil ich dachte, vielleicht seist du da ein völlig anderer Mensch.«

»Steif wirke ich also«, entgegnete er, nicht ungehalten: zu viele hatten ihm dies im Verlauf der Jahre gesagt, vorgehalten, dies an seinem Verhalten bemängelt, ihn deswegen kritisiert, »nun, so bin ich halt. Und überdies bin ich ziemlich aus der Übung, mit jemandem auszugehen.«

Worauf eine Pause eintrat.

»Weshalb hast du mich überhaupt angesprochen, damals, auf dem Flur?«, nahm sie schließlich das Gespräch wieder auf.

»Aber hör mal«, protestierte er lachend, sie kannte die genauen Umstände, also wohl: ein Spiel: weshalb hast du getan, wovon wir beide wissen, dass du es nicht getan hast?, »ich habe dich nicht angesprochen, immerhin hattest du mich ja rüde gerammt, ich wäre beinahe hingefallen.«

»Ich in dich hineingelaufen?«, sie erkannte: er spielte mit, das Spiel ginge also weiter: freundschaftliche Provokation, Neckerei zwischen Bekannten, zwischen Freunden, »du warst es doch, der mich angerempelt hat. Und der Beweis: du hast dich sogleich entschuldigt.«

»Ein Reflex, mehr nicht.«

»Entschuldigst du dich oft für Dinge, an denen du angeblich keine Schuld trägst?«

»Manchmal ist es einfacher so.«

»Du gehst also den Weg des geringsten Widerstands?«

Er dachte nach.

»Nein«, antwortete er nach einer Weile, unvermittelt, erschien ihm, war aus dem heiteren Geplänkel ein ernsthaftes Gespräch geworden, »aber vieles erachte ich als zu unwesentlich, um sich darüber zu streiten. Was ich allerdings schon lange wissen möchte: weshalb du meine Entschuldigung quittiert hast mit diesem für mich völlig überraschenden, saloppen: „Ich nehme sie nur an, wenn Sie mich zum Kaffee einladen?" Das war ziemlich keck, fand ich.«

»So wiederum bin halt ich. Manchmal sage ich etwas, ohne zuvor nachzudenken.«

»Und du hast meine Einladung zu meinem großen Erstaunen angenommen, ohne eine Sekunde nachzudenken.«

»Ich konnte wohl schlecht ablehnen, nachdem ich dich dazu provoziert hatte. Und außerdem, will ich ehrlich sein, dachte ich nicht, du könntest mich tatsächlich einladen, diese Gefahr, wenn du so willst, schien mir äußerst gering zu sein.«

»Dann sind wir wohl quitt.«

Sie blickte ihn fragend an.

»Ich liebe es durchaus ebenfalls, Menschen zu überraschen. Sonnenklar war für mich, dass diese Reaktion dich unerwartet traf, diese Möglichkeit hattest du nicht in Betracht gezogen.«

»Ich gebe zu: ich hatte dich wohl falsch eingeschätzt. Wobei es nicht einfach ist, jemanden richtig einzuordnen, sieht man ihn höchstens einige wenige Sekunden! Gottlob ist mir das unterlaufen, denke ich indessen heute. Andernfalls wäre mir diese freche Bemerkung wohl kaum über die Lippen gekommen und wir hätten uns nicht kennengelernt. Aber, sag mal, kann es sein, dass deine stets so ernste Miene, dein, wie soll ich sagen: britisches Gesicht nur Fassade ist?«

»Wie man's nimmt. Nicht zuletzt ein Schutzschild. So halte ich viele dumme Fragen von mir fern.«

»Womit wir auch in Bezug auf Fettnäpfchen quitt wären, denke ich«, lachte sie und fuhr, ohne abzusetzen, fort, als wolle sie ein Weiteres hinter sich bringen, was sie sich vorgenommen hatte, ihm zu eröffnen: »Und dann war da noch etwas«, sie zögerte ein wenig, »verstehe das jetzt bitte nicht falsch, aber du warst mir auf den ersten Blick sympathisch, keine Ahnung, weshalb.«

»Ich habe mich schon ziemlich gewundert«, er verharrte beim Moment ihres ersten Zusammentreffens und vermied es, unmittelbar auf ihre Bemerkung, ihr Geständnis nachgerade, einzugehen, »du: eine junge, attraktive Frau…«

»Soll das nun eine späte Anmache werden?«, unterbrach sie ihn sofort, eher belustigt, denn tatsächlich besorgt, er könnte gleich vor ihr auf die Knie sinken und ihr seine Liebe gestehen, das taten sie doch wohl in einem solchen Fall, diese Gentlemen alter Schule?

»Nein«, gab er zurück, ebenso lockerheiter, »ich spreche lediglich aus, was wahr ist.«

»Sagst du immer die Wahrheit?«

»Ja«, antwortete er, »von kleinen Notlügen abgesehen«, er sah ihren amüsierten Blick, »aber nur, wenn sie mir völlig unumgänglich erscheinen, und das ist doch eher selten der Fall. Und du?«

»Oh«, gab sie leichthin zu, »ich flunkere ganz gerne etwas zusammen. Aber eher, um die Reaktion der Zuhörenden zu testen oder sie mit vermeintlich wilden Erlebnissen zu schockieren oder sie mit erfundenen Ansichten herauszufordern, und nicht, weil ich besonders verlogen wäre. Aber worüber hast du dich denn gewundert? Ich hatte dich unterbrochen.«

»Ach so«, nickte er, »also: ich habe mich gewundert, weshalb eine attraktive, junge Frau sich von einem alten Sack wie mir zum Kaffee einladen lässt. Und später zum Essen. Und ins Theater. Ins Konzert.«

»Du bist kein alter Sack«, gab sie zurück, richtete, sehnsüchtig, ihren Blick auf die Crème brûlée: »Darf ich?«

»Aber sicher.«

»Und kann ich einen Kaffee dazu bekommen? Das wäre prima!«

»Selbstverständlich«, er erhob sich, ging zum Schrank, um die Tassen zu holen: eine kurze Unterbrechung konnte gewiss nicht schaden.

Sie widmeten sich der Nachspeise, die sie mit einem »köstlich« bedachte: »Mein Lieblingsdessert!«, den Grappa zum Kaffee hatte sie abgelehnt. »Ich werde doch nicht zulassen, dass du mich betrunken machst!«, ein schelmisches Zwinkern, diesmal zugelassen, nicht im letzten Moment unterdrückt.

»Kochst du immer derart opulent? Nur für dich allein?«, wollte sie zwischendurch wissen.

»Nicht immer, aber immer, wenn ich Lust darauf habe.«

»Dass ausgerechnet du nach dem Lustprinzip leben könntest, hätte ich nicht gedacht«, bekannte sie offen, »du wirktest bisher auf mich eher, als sei bei dir alles geplant, alles kontrolliert, als ließest du keinerlei Überraschung in deinem Leben zu.«

»So kann man sich täuschen«, schmunzelte er, »aber das Lustprinzip gilt fast ausschließlich für das Essen und das Trinken. Davon weiß übrigens praktisch niemand.«

»Ich werde nichts verraten, Ehrenwort!«

Wieder breitete sich wohltuende, nicht beklemmende Stille aus zwischen ihnen.

»Ich habe die Einladung wohl angenommen«, nahm sie den Faden erst wieder auf, als sie vor der zweiten Tasse Kaffee saßen, »weil ich bei diesem, ziemlich flüchtigen, ersten Blickkontakt sogleich zutiefst überzeugt war, dich von irgendwoher zu kennen. Eigenartig, nicht? Also wollte ich unbedingt herausfinden, bei welcher Gelegenheit wir uns begegnet sein könnten.«

Mir ging es ähnlich, wäre ihm beinahe herausgerutscht, doch: er wollte zuwarten, sie zu Ende erzählen, ihre Beichte, so es sich um eine solche handeln sollte, ablegen lassen. Er blickte an ihr vorbei durch das Küchenfenster auf die Gemeindewiese, die inzwischen im Dunkel lag, nicht im Pechschwarz einer finsteren Mondlosnacht: die Straßenlaterne beleuchtete das Mäuerchen zur Straße hin und zu erkennen blieb ein schmaler Streifen des hohen Grases dahinter. Keine Ahnung, wohin dieser Weg führt, musste er sich eingestehen: unser Gespräch scheint so unverdächtig, was wir ansprachen, beliebig zu sein, und doch könnte sich ein Muster dahinter verbergen, das nicht sie, das nicht ich, das nicht wir gestrickt haben. Es erschien ihm, als strebe alles dem einen Ziel zu (aller gegenteiliger Beteuerungen zum Trotz), was ihn, warum?: erneut diese quälende Frage, auf die es scheinbar keine gültige Antwort gab, mittlerweile massiv störte, wogegen er sich zu Wehr setzen und sich selbst gegenüber Widerstand leisten würde, so lange es ging, glücklich das Gefühl jedenfalls oder, dass er gar in heitervibrierende Erwartung versetzt worden wäre: davon konnte keine Rede sein!

Sollte sie dasselbe an sich ebenfalls wahrgenommen haben? Sie schien der Sache jedenfalls auf den Grund gehen zu wollen: »Und du, fühltest du dich geschmeichelt? Hast du dich nicht doch insgeheim gefragt, wie es wäre, mit mir zu schlafen? Gib es ruhig zu, es wird dir nicht gelingen, mich zu schockieren!«

»Wo denkst du hin!«

Bei jedem anderen Mann, dachte sie, würden spätestens jetzt meine Alarmglocken losscheppern: weist jemand derart spontan, kategorisch, entrüstet!, von sich, wovon, hatte sie zur Genüge erfahren müssen, offensichtlich viele Männer träumten, kaum war sie ihnen begegnet, konnte es sich eigentlich nur um eine Lüge handeln. Aber eigenartig, sie vermochte das nicht einzuordnen: der Alarm blieb stumm und sie war die ganze Zeit unbesorgt geblieben. Sonst wäre ich, war sie (nicht ganz) überzeugt, doch niemals auf die Idee verfallen, ihn besuchen zu wollen, ich bin doch nicht blöd! Aber hätte ich mich, fragte sie sich trotzdem, tatsächlich gegen seine Avancen, ein Wort, das sie von ihrer Großmutter gelernt hatte und das sie liebte, verwahrt? Und sie spürte nur zu deutlich: sie war sich ihrer Antwort ganz und gar nicht ganz sicher, so idiotisch das in ihren Augen, sagte wenigstens der Verstand, das Herz?, es schwieg, auch war.

»Ich sollte mich wohl besser auf den Weg machen«, rutschte ihr heraus, warum gerade jetzt?, ich werde doch nicht befürchten, wir könnten andernfalls trotz allem im selben Bett landen, ich doch nicht!, er doch nicht!, wie albern, sich jetzt plötzlich fürchten zu wollen!, er würde es merken, sie drohte, in Panik zu geraten: er wird beleidigt sein, eingeschnappt, völlig zu Recht: dass du so von mir denkst, das hätte ich nicht erwartet, und jetzt raus, was denkst du bloß von mir! Also versuchte sie, ihren plötzlichen Entschluss plausibel zu begründen: »Die Fahrt nach Hause ist lang und anstrengend, zumal in der Nacht.«

Sie erhob sich und blieb am Tisch stehen, unschlüssig. Ihm schien, als erwarte sie, von ihm zurückgehalten zu werden.

»Du brauchst nicht zu fahren«, offerierte er schnell, »du kannst im Gästezimmer übernachten. Es liegt ein Stockwerk höher und«, ein Geistesblitz, »sie kann von innen abgeschlossen werden, wenn dir danach ist.«

»Das wird kaum nötig sein, denke ich«, lachte sie, sogleich wieder sicher, dass er tatsächlich ein guter, ein wertvoller Freund war und über diese Nacht hinaus bleiben würde, und dass er sich ebensolche Mühe gab, es zu bleiben, wie sie beinahe alles täte, war sie sich mittlerweile sicher, um ihn nicht zu verlieren. »Aber ich will dir nicht zur Last fallen oder dich von etwas abhalten das du dir vorgenommen hast.«

»Alles, was ich mir vorgestellt habe, es hier tun zu können oder zu wollen, kann getrost warten. Bleibe besser über Nacht, ich könnte kaum ruhig schlafen, müsste ich daran denken, wie du in tiefster Finsternis und völlig allein die weite Strecke nach Hause zurücklegen müsstest.«

»Nun gut«, sie war erleichtert: was er und wie er es sagte, klang durch und durch ehrlich, und außerdem: es war so schön hier, so ruhig, so gemütlich!

»Dann will ich meine Tasche aus dem Wagen holen und danach mir ebenfalls einen Grappa genehmigen, falls ich darf.«

Sie sprachen in der Folge über dies und das, tauschten sich aus, wie zwei frischverliebte Jugendliche, schoss ihm durch den Kopf, über ihre Lieblingsblumen und Lieblingstiere und Lieblingsfilme und Lieblingsbücher und Lieblingsmusik, natürlich waren ihm die Sänger und Bands unbekannt, die sie bevorzugte, und sie wiederum staunte, wie er ihr, er schwelgte darin, als sei er in jene Zeit zurückgekehrt, über seine frühe Begeisterung für die Beatles erzählte und für andere Bands, Sängerinnen und Sänger, die ihr wiederum höchstens am Rande geläufig waren, weil einige ihrer Lieder noch immer im Radio gespielt wurden, und er nahm mit einiger Verwunderung davon Kenntnis, dass sie kaum je ausging, Discos nicht mochte und auch nicht die Partys, auf denen sich Menschen ihren Alters, hatte er geglaubt, ständig herumtrieben.

»Du lebst allein?«, fragte er schließlich.

Sie schmunzelte: »du denkst wohl, jede Frau in meinem Alter habe einen Freund oder einen Mann oder gehe manchmal aus in der einzigen Absicht, für eine Nacht einen Kerl ins Bett zu kriegen, beziehungsweise: einem dieser eitlen Gockel die trügerische Gewissheit zu schenken, er habe dich herumgekriegt? Ist es das, was du über junge Menschen denkst?«

»Nein«, schüttelte er den Kopf, »dies habe ich damit nicht ausdrücken (vermuten, behaupten) wollen, ich weiß schlicht zu wenig darüber. Aber mir scheint grundsätzlich, zu viele heutige (sogenannt moderne, jüngere) Menschen lebten allein, im Alter, befürchte ich, werden sie von Einsamkeit bedroht sein; wir setzen unsere Prioritäten völlig falsch. Nicht, dass ich damit sagen will, einzig Familie und Kinder bedeuteten Glück, mitnichten (und ausgerechnet mir, dem Alleinstehenden seit jeher und aus Überzeugung, stünde dies nicht an)! Doch stehen Geld und Besitz zu sehr im Vordergrund, nämlich über allem, und das macht die Welt grässlich kalt. Viele andere Dinge, Musik, Kunst, genussvolles Leben, Ruhe, Stille, selbst die Erholung müssen sich unterordnen oder gehen völlig vergessen. Das ist unsagbar schade und grundfalsch. Wir leben jedenfalls in einer Epoche, die ausgesprochen beziehungsfeindlich ist. Eine ernsthafte Beziehung, fürchten viele, gefährde Freiheit und Karriere: sich bloß nicht binden!, sich nur nicht auf etwas einlassen, woraus es anscheinend kein Zurück mehr gibt! An solche Dinge denke ich.«

»Ich mache mir ganz einfach nicht viel aus Männern«, antwortete sie und gleichzeitig nicht auf seine Bemerkungen, »irritiert dich das? Jedenfalls nicht aus Männern in meinem Alter. Ich mag reifere Typen wie dich«, sie lachte heraus: »aber nur, wenn sie nichts von mir wollen.« Und als er nichts erwiderte, fügte sie an: »Und ich versuche, solchen Bekannten, dir!, die Gewissheit zu geben, dass auch ich nichts will von ihnen. Das kommt ja auch vor, nicht wahr?«, sie lächelte, »dass eine junge Frau sich an einen älteren Herrn heranmacht in der Hoffnung, an sein vermutetes oder von ihm offen zur Schau gestelltes Geld zu kommen.«

»Allerdings«, er lachte zurück, »dies allerdings hätte ich dir nie unterstellt.«

Die Stille, die sich im alten Gemäuer ausbreitete, lag schwerer im Raum als die vorhergehenden Pausen des Schweigens. Sie schien sich zu überlegen, wie weit sie gehen wollte in ihrer Lebensbeichte, hielt ihre Augen gesenkt und sah sich dabei zu, wie der Zeigefinger ihrer rechten Hand den Rand ihre Kaffeetasse umfuhr; er wartete geduldig ab.

»Vielleicht hängt dies mit meiner Lebensgeschichte zusammen«, nahm sie das Gespräch nach einer geraumen Weile wieder auf. »Mein Vater haute ab, als ich etwa vier Jahre alt war.

Und meine Großmutter, die heute ebenfalls in unserem Haus wohnt, du siehst: ich lebe keineswegs allein und vegetiere nicht einsam vor mich hin, musste meine Mutter gar gänzlich ohne Mann großziehen. Vielleicht, denke ich manchmal, suche ich also unbewusst nach einer Vaterfigur oder eher: einem Großvater (wobei ich, unterschlug sie, im Fall der Fälle durchaus zu unterscheiden wüsste zwischen einem Mann, mit dem ich schlafen will, und einem väterlichen Freund). Großväter, vielleicht idealisiere ich dieses Bild, bringen in vielen Fällen mehr Zeit auf für die Enkel, als den Vätern, und manchen Müttern, für ihre Söhne und Töchter zur Verfügung steht oder die sie sich nehmen. Einen Großvater zu haben, stellte ich mir immer wunderschön vor und dachte stets, er wäre ein überaus gütiger, verständnisvoller, herzlicher Mensch, der unendlich viel Zeit und Geduld für mich bereithielte, wann immer ich ihn gebraucht hätte oder brauchen würde.«

»Aber du stehst in Kontakt mit deinem Vater?«

»Nein«, schüttelte sie, ziemlich traurig, glaubte Thomas Wiederkehr daraus abzulesen, den Kopf, »meine Mutter behauptete, soweit ich mich zurückerinnern kann, er sei tot. Dies lernte ich zu akzeptieren, zumal er sich meines Wissens nie gemeldet oder sich nach mir erkundigt hat. Erst, als ich, ich war sechzehn oder siebzehn, nach ihm zu forschen begann, ich wollte ihn zu jener Zeit unbedingt kennenlernen, das ist doch normal, nicht wahr?, brachte ich eines Tages in Erfahrung, dass meine Mutter mich die ganze Zeit belogen hatte. Was allerdings nichts mehr änderte, denn mein Vater war, dies lag, als ich davon erfuhr, weniger als sechs Monate zurück, bei einem Verkehrsunfall ums Leben gekommen. Ich habe mir lange Vorwürfe gemacht, dass ich nicht früher nach ihm gesucht hatte.«

»Du hast nicht deine Mutter dafür verantwortlich gemacht, dass du deinen Vater nie kennengelernt hast, oder ihn, weil er sich nie um dich bemüht hat?«

»Kaum. Ich denke bis heute, sowohl er, als auch sie werden ihre Gründe gehabt haben. Meine Mutter und ich haben nie darüber gesprochen, selbst dann nicht, als sie wusste, dass ich hinter ihre Lüge gekommen war. Eigenartig, nicht? Oder feige. Was weiß ich. Aber gibt es nicht in allen Familien Dinge, Vorfälle, Ereignisse, die mit einem Tabu belegt zu sein scheinen?«

Thomas Wiederkehr wurde schmerzlich daran erinnert, wie das in seiner Familie gewesen war: wie lange es gedauert hatte, bis ihm die Mutter verriet, weshalb sie ihn niemals zu Oma und Opa begleitete, wenn ihre Eltern ihn aufs Dorf einluden. Und weshalb ihn Vater jeweils bestenfalls bis vor die Haustür fuhr, aber ihn nur absetzte, wendete und gleich wieder die Heimfahrt antrat.

»Nein«, fuhr sie fort, »ich suchte die Schuld ausschließlich bei mir und sie quälte mich monatelang, besonders in den Nächten, wenn ich im Bett lag und, zumeist natürlich deshalb, nicht einschlafen konnte. Aber das habe ich mittlerweile überwunden. Und ich bin ausgesprochen froh darüber.«

»Und der Großvater?«

»Großmutter hat nie über ihn geredet. Stets wiederholte sie bloß, fragte ich sie danach, alles sei gut so, wie es gekommen sei, und sie bereue nichts. Mehr war aus ihr nicht herauszubekommen. Aber ich denke, sie muss einiges durchgemacht haben. Zu ihrer Zeit war es doch keineswegs selbstverständlich, dass eine Frau ein Kind, aber keinen Mann hatte. Sie muss tapfer, stark und großartig gewesen sein, meine Großmutter, und sie ist es noch.«

»Wie deine Mutter?«

Sie nickte: »Vielleicht, denke ich manchmal, hat mein Vater uns ja deshalb verlassen: weil sie wohl schon damals sehr ehrgeizig war und weiterkommen wollte. Ich weiß nicht. Jedenfalls ist sie es, so weit ich zurückdenken kann. Sie wollte Karriere machen, nicht im Alltäglichen ersticken, wie sie einmal sagte, nicht im Banalen untergehen. Und das hat sie sehr gut hingekriegt. Allerdings, das will ich ihr zugute halten, ich liebe sie nämlich sehr, musst du wissen, bekam ich nie das Gefühl, ihr und ihrer Entwicklung im Weg zu stehen. Es gibt genügend ungeliebte Kinder, dazu zähle ich definitiv nicht! Wie schrecklich es doch sein muss, wenn ein Kind spürt, dass Mutter oder Vater oder alle beide nur darauf warten, den Balg loszuwerden, der ihnen wie ein Klotz am Bein hängt. So war meine Mutter beileibe nicht. Ich bin überzeugt, sie hätte ihre Pläne zurückgestellt, allenfalls sogar niemals verwirklicht ohne meine Großmutter, die noch so gerne zu uns in das geräumige Haus zog, das Mama kaufte, als ich sieben wurde. Mittlerweile verdiente sie bereits gut genug, um es sich leisten zu können. Behauptete sie jedenfalls. Ich sollte, sagte sie, nicht in einer engen, stickigen Wohnung aufwachsen müssen und in einer Umgebung, die fast ausschließlich aus Beton und asphaltierten Plätzen bestünde, ich sollte vielmehr von allen Fenstern des Hauses stets ins Grüne sehen können. Das Haus und der Garten, schon eher ein Park, waren und sind herrlich. Ich werde Mama bis an mein Lebensende dankbar sein, in einer derart tollen Umgebung groß geworden zu sein. Mittlerweile weiß ich: sie ist mit dem Erwerb dieser Liegenschaft ziemlich nahe ans finanzielle Limit gegangen, beziehungsweise ein gutes Stück darüber hinaus. Das hätte sie für sich selbst nicht getan, sie tat es für mich. Und: ich hörte sie nie über fehlendes oder knapp gewordenes Geld klagen: sie war und blieb bis heute davon überzeugt, alles im Leben nehme letztlich eine gute Wendung, man müsse nur die notwendige Geduld aufbringen, darauf zu warten, und man dürfe die Hoffnung nie verlieren, niemals, und sie ermahnte mich immer wieder: du musst dir stets genau überlegen, was du tust, und dir zuvor klar darüber geworden sein, was du tun willst, und diesem Weg musst du eisern folgen. Glaube an dich und deine Fähigkeiten und lasse dich von niemandem zu etwas überreden, dies hämmerte sie mir nachgerade ein, was du nicht von Herzen willst!«

»Ein weiser Ratschlag!«

»Während meiner Schulzeit bemühten sich natürlich beinahe sämtliche Mädchen und viele Jungs um meine Freundschaft, damit sie in unserem Park spielen durften«, ihre Stimme nun spöttisch, angereichert mit einem gehörigen Schuss Verachtung: »wie durchsichtig schon damals die Gründe. Aber so lernte ich früh, zwischen ehrlicher Bewunderung, Anerkennung und Freundschaft und all dieser widerlichen Heuchelei zu unterscheiden, die ausschließlich auf den eigenen Vorteil abzielt. Deshalb durchschaue ich heute die meisten Menschen, bevor sie auch nur den Mund aufmachen. Seit meiner Schulzeit kümmerte sich vor allem Großmutter um mich, meine Mutter war und ist stets auf

Achse. Sie ist Kunsthändlerin mit hervorragenden Kontakten und wichtigen Kunden rund um den Erdball, und, als sei dies nicht genug: sie ist mittlerweile beteiligt an einer internationalen Modekette, deren weitere Entwicklung und deren Kollektionen sie durchaus aktiv mitbestimmt. Sie hat, musst du wissen, nebst vielen anderen Qualitäten nicht zuletzt ein sehr gutes Gefühl für exklusive Mode, die sich gut und teuer verkaufen lässt, wie sich herausgestellt hat. Kurz: sie meistert alles, was sie sich vornimmt. In den letzten fünfzehn Jahren verbrachte sie mit Sicherheit mehr Zeit in Flugzeugen als zu Hause. So sehr ich sie während ihrer häufigen Abwesenheit manchmal auch vermisst habe, so sehr bewunderte ich sie gleichzeitig und tue dies noch.«

»Und eiferst du ihr nach?«

»In gewisser Hinsicht wohl schon.«

»Dazu scheint allerdings schlecht zu passen, dass du ausgerechnet in unsere langweilige Firma eingetreten bist.«

»Dein Freund, dem das Haus hier gehört, hat es vorgeschlagen. Hier eine Weile tätig gewesen zu sein, hat er gesagt, bilde eine gute Basis für die Zukunft, zumal nach dem Gymnasium. Ich habe mir, das hatte ich ja von Mama gelernt, die Sache wirklich sehr genau überlegt! Erst, als ich mir absolut sicher war, dies zu wollen, und mich bereit fühlte, für dieses Abenteuer einige Jahre meines Lebens zu opfern, ließ ich mich auf dieses Wagnis ein. Deinem Freund wiederum ist es gelungen, mich im, wie er sagte, richtigen Bereich unterzubringen«, das ist er, wie er leibt und lebt, dachte Thomas Wiederkehr. schon immer hat er jede Person, ungeachtet ihres Geschlechts, um den Finger gewickelt, um zu bekommen, was er wollte, »und er hat es fertig gebracht, obwohl ich kein Studium absolviert hatte, dass ich in das Programm für junge, potenzielle Nachwuchskräfte aufgenommen wurde, das normalerweise Studienabgängern vorbehalten ist. Ich kann heute jedenfalls aus Überzeugung sagen: ich habe mich richtig entschieden, die Arbeit empfinde ich als spannend, die Aussichten sind gut. Er und meine Mutter kennen sich übrigens seit vielen Jahren, woher auch immer. Ich denke, sie hatten einmal etwas miteinander.«

Damit wäre, dachte Thomas Wiederkehr, auch diese Frage geklärt. Er schenkte Grappa nach.

»Wobei das bei meiner Mutter nie lange anhält«, fuhr sie nach einem kurzen Dankeschön, das Glas dabei antippend, fort. »Früher verkündete sie mitunter beim Abendessen: „Ich habe da einen netten Mann kennengelernt, mit dem ich manchmal ausgehe, wenn ich in seiner Stadt bin", heute, nachdem ich selber erwachsen bin, sagt sie, aber nur, wenn Großmutter nicht in der Nähe ist, und nur noch selten, sie scheint keine allzu große Lust auf Sex mehr zu haben oder es fehlt ihr schlicht die Zeit: „Ich habe da einen Mann getroffen, wir schlafen miteinander, ich muss dir sagen: der ist wirklich toll im Bett, er könnte dir auch gefallen, ach was: viel zu alt für dich!, aber mehr als Sex ist da nicht, sei unbesorgt." So ist sie, meine Mutter. Jetzt schockiert?«

»Nein«, beeilte er sich zu antworten, »ganz und gar nicht. Ich bin kein prüder, hinter der Zeit gebliebener Hinterwäldler!«

»Dann bist du jetzt dran«, erwiderte sie, »also, die erste Frage an unseren heutigen Kandidaten: weshalb arbeitest du in dieser Firma?«

»Die Nacht der Geständnisse«, scherzte er, »allerdings dürftest du enttäuscht sein, denn das ist schnell erzählt, und, ich befürchte, was ich zu berichten habe, ist ebenso langweilig wie unsere Firma. Ich wurde in dieser Stadt geboren, ich ging hier zur Schule, und da war es, nachdem ich das handwerkliche Geschick meines Vaters sehr offenkundig nicht geerbt hatte, ziemlich naheliegend, in dieser Firma meine Ausbildung durchlaufen zu wollen: der beste Arbeitgeber, hieß es damals, in der Stadt. Und ich hatte Glück: ich gehörte zu jenen wenigen aus den vielen Bewerbern, die eine Lehrstelle erhielten. Und danach bin ich hängengeblieben. Du bist ebenfalls hier geboren?«

»Ja, meine Mutter zog hierher, als sie Vater kennenlernte.«

»Meine Eltern kamen«, erzählte Thomas Wiederkehr, »ziemlich zufällig in diese Stadt. Ich muss etwas ausholen: als meine Mutter ankündigte, meinen späteren Vater heiraten zu wollen, verursachte dies ziemlich viel Aufregung im Dorf. Dazu musst du wissen: meine Mutter wuchs an der Hauptstraße auf, was damals bedeutete, dass man zu den angeblich besseren Leuten zählte, während mein Vater in ein Hinterhaus hineingeboren wurde. Also wollten meine Großeltern diese Heirat natürlich verhindern. Aber meine Mutter setzte sich durch und brachte meinen Großvater sogar dazu, ihnen die Schreinerei zu versprechen, die er aufgebaut hatte, denn mein Vater war ebenfalls Schreiner und, betonte meine Mutter immer, ein vorzüglicher sogar. Einige Jahre später entschloss sich Großvater, weshalb, hat nie jemand erfahren, den damals florierenden Betrieb entgegen der Abmachung doch Mutters jüngerem Bruder zu übergeben, obwohl er ein viel schlechterer Schreiner gewesen sein soll. Meine Eltern zogen im Streit weg und in die Stadt, wo es genug Arbeit für meinen Vater gab. Mutters Bruder führte Großvaters Betrieb übrigens ziemlich schnell in den Ruin; es hieß, er habe nicht nur schlechte Qualität geliefert, sondern zudem alles, was er am einen Tag einnahm, am anderen gleich im Wirtshaus vertrunken.

»Es ist beinahe Mitternacht«, rief sie plötzlich, überrascht, nach einem Blick auf die runde, tiefrote Wanduhr, die über dem Kühlschrank hing, »ich sollte mich schlafen legen, ich habe einen strengen Tag vor mir.«

»Was steht denn bevor?«

»Das erzähle ich dir beim Frühstück«, sie erhob sich rasch, als ob sie befürchte, er könne sie sonst zu überreden versuchen, ihr Geheimnis schon jetzt zu lüften, »ich will nicht unanständig wirken, aber spätestens um neun Uhr sollte ich losfahren können, und ich brauche genügend Schlaf, sonst bin ich am Morgen unausstehlich.«

»Diese Seite an dir will ich keinesfalls kennenlernen«, hob er die Hände, um anzuzeigen, dass er sie nicht aufhalten würde, und erhob sich ebenfalls. »Ich bin kein Langschläfer, zwar frühstücke ich an meinen freien Tagen später als sonst, aber normalerweise trotzdem zwischen sieben und halb acht Uhr.«

»Das passt ja vorzüglich!«, freute sie sich, trat ganz nahe an Thomas Wiederkehr heran, ihm wurde Angst und Bange: es sollten seine guten Vorsätze nicht ganz zum Schluss eines wunderbar gelungenen Abends doch noch über Bord gehen?, attraktiv, wie seine junge Besucherin nun einmal war und so gut, wie sie trotz der langen Reise noch immer duftete, das weiche Haar mit seinem seidenen Glanz, die schlanke Taille unter dem ziemlich eng anliegenden T-Shirt, den Pullover hatte sie in der Wärme der Küche längst ausgezogen, ihr scheues Lächeln, der Alkohol, den sie beide genossen hatten, die Stimmung, das Kerzenlicht...

Doch sie stellte sich auf die Zehenspitzen und flüsterte ihm ins Ohr, bettelte nachgerade darum, und rückte damit sogleich alles wieder an den richtigen Platz: »Bitte drücke mich vor dem Schlafengehen. Ich habe mir immer gewünscht, ein Vater oder Großvater schlösse mich in die Arme, bevor ich zu Bett gehe, streiche mir über das Haar und wünsche mir von Herzen eine gute Nacht.«

VI

Sie war bereits angezogen und was man zurechtgemacht nennt. Sehr diskret indessen: ihre jugendliche Schönheit, hätte er Lieder zu singen gewusst, er hätte sogleich eines davon angestimmt, bedurfte wahrlich keiner Korrektur. Thomas Wiederkehr, der hervorragend geschlafen hatte, wie wohltuend erfrischend nach der von wirren Träumen und den langen Phasen des Wachliegens dazwischen geprägten Nacht zuvor!, bemerkte, ihm entging fast nichts, allerdings kommentierte er seine Beobachtungen selten, gleichwohl einen zarten Lidstrich, ein die Brauen zähmendes, im schwachen Licht des Hausinneren Schwarzschimmerndes, und ein ihr Lippenblassrosa kaum merklich akzentuierendes Etwaskräftigerblassrosa, und sie war, als er die Küche endgültig betrat, er klopfte dabei an den massiven Holzrahmen, weniger, weil er sich als Gast gleichsam fühlte, sondern, um sie nicht zu erschrecken, denn sie, die zuvor, in Gedanken versunken, den einen Moment staunend Verharrenden nicht bemerkt hatte, stand nun mit dem Rücken zu ihm, um die Kaffeemaschine in Gang zu setzen. Ihre Reisetasche befand sich auf dem Sofa, zur Abreise gerichtet, gleich wurde es ihm schwer ums Herz, und einvernehmlich neben ihrer Handtasche, beide beinahe in derselben Größe: das eine Stück mit beachtlichen, das andere für seinen Verwendungszweck sehr bescheidenen Massen.

»Schön, dass du endlich kommst, du Schlafmütze«, begrüßte sie ihn, noch im Umdrehen, fröhlich, »gleich wollte ich mit einem nassen Waschlappen dein Schlafzimmer stürmen und dich wecken, Frühstück ist fertig!«

Er rieb sich die Augen, eilig in Hose und Pullover geschlüpft war er unten im Bad, als er, kaum eingetreten, über seinem Kopf ihre Schritte, ein Trippeln und Trappeln, vernahm, nur schnell den nassen Waschlappen über das Gesicht gezogen und die Zähne geputzt hatte er sich. Er wandte seinen Kopf zum Tisch und sah, wie schön alles angerichtet war; sogar an Blumen hatte sie gedacht und sie, in einem der hohen Gläser, die er nie benützte, zu einem prächtigen Strauß gefächert. Sie bemerkte seinen Blick: »Die habe ich auf der Wiese gegenüber gepflückt, ich hoffe, du kriegst keinen Ärger, weil ich sie gestohlen habe.«

»Wohl kaum«, lachte er, »die Gemeindewiese gehört gewissermaßen allen, die hier wohnen. Die Blumen sind wunderschön, herzlichen Dank für diese tolle Überraschung. Hast du gut geschlafen?«

»Prächtig«, sagte sie, »es ist unwahrscheinlich ruhig hier, herrlich!, selbst in unserem Haus höre ich, obwohl sich zwischen der Straße und meinem Zimmer ein Stück Wiese, Bäume und Gebüsche befinden, des Nachts mitunter vorbeifahrende Autos. Und«, zwinkerte sie ihm zu, »du hast mich nicht belästigt.«

»Hast du das denn«, er fühlte sich dermaßen heiter und gelöst, dass er sich nicht rechtzeitig gewahr wurde, wie rasch er sich sehr dünnem Eis näherte, »tatsächlich befürchtet – oder gar erwartet?«

»Weder, noch!«, lachte sie, »wo denkst du denn hin?«, die Entrüstung, was sie erträglich machte, schien gespielt, und wurde ernst: »Wobei merkwürdig ist, und das beschäftigt mich nicht erst seit gestern: ich bin mir nicht absolut sicher, wie ich reagiert hätte, wenn du in mein Zimmer getreten wärst.«

»Wie meinst du das?« Nun erst realisierte Thomas Wiederkehr, erst nachdenken, dann sprechen: warum bloß habe ich meinen ehernen Grundsatz soeben vergessen?, ärgerte er sich, wie fahrlässig seine Bemerkung gewesen war.

»Nun ja, wie soll ich sagen«, sie druckste herum, »also gut«, gab sie sich einen Ruck, »ich fragte und frage mich doch tatsächlich, ob ich dich vertrieben hätte. Schockiert?«

»Diesmal ja, so ziemlich«, gab Thomas Wiederkehr unumwunden zu, »ich meine: was solltest du denn finden an einem Mann, der glatt dein Vater sein könnte? Ich jedenfalls hätte mir in deinem Alter niemals gewünscht, mit einer über sechzigjährigen Frau zu schlafen.« (Er biss sich auf die Lippen, verschwieg: aber umgekehrt: ich, in meinen Sechzigern, mit einer jungen Frau wie dir...?, nein: in Bezug auf sie erschien ihm der Gedanken nachgerade als obszön.)

»Habe ich das behauptet? Habe ich gesagt«, sie wurde etwas heftiger, als sie beabsichtigte, »dass ich mir überlegt hätte, ob ich mit dir schlafen wolle?«

»Es klang für mich danach.«

»Oh«, erwiderte sie, ihre Verlegenheit, erkannte Thomas Wiederkehr, war echt, »jetzt wird es schwierig, ein Fettnäpfchen droht! Manche Dinge sind so schwer zu erklären, warum nur?«, stöhnte sie, »ich versuche, es dennoch zu tun. Ich denke, darum ging es nicht, zu keinem Zeitpunkt, auch nicht nach diesem wundervollen Abend gestern mit dir, obwohl ich dich, dies habe ich dir bereits mehrfach gesagt, nicht als alt empfinde, ganz und gar nicht! Dieser andere Wunsch jedoch war seltsamerweise sehr stark, nämlich dich an meiner Seite zu wissen in meinem Bett. Wie gerne hätte ich mich in deine Arme gekuschelt! Und während ich das dachte, stellte ich fest, dass ich dir selbst in diesem Moment grenzenlos vertraut hätte, weil ich wusste, du würdest es verstehen und allenfalls nichts anderes wollen, als so mit mir einzuschlafen. Etwas in der Art. Ganz schön verrückt, nicht wahr?«

»Sehnsucht nach einem Vater oder Großvater?«

»Vielleicht. Gleichzeitig auch nicht. Ach, ich bin einfach ein wenig durcheinander.«

Sie standen einander gegenüber. Stumm.

»Kaffee?«, fragte sie schließlich, er nickte, seine Tasse stand, wie er sah, schon bereit, sie drückte den Knopf, und fuhr fort, noch während sie der Maschine zugewandt stand: »Muss es nach diesem Geständnis in deinen Ohren nicht reichlich seltsam oder gefährlich klingen: was, könntest du dich doch fragen, würde plötzlich ich dich des Nachts in deinem Schlafzimmer heimsuchen?, und was würdest du in dieser Situation tun?, wenn ich dir trotzdem sage, ich möchte am liebsten nie mehr wegfahren?«

»Dann bleibe hier. Wir werden herausfinden, was zwischen uns vorgeht, ja, das wird das Beste für uns beide sein: dass wir alles in Ruhe besprechen, damit nichts zwischen uns steht, was uns bedrückt und unsere Freundschaft gefährdet. Denn an ihr, musst du wissen, liegt mir sehr viel.«

»Das kann ich nicht, dies ist der zweite Grund, weshalb ich hier bin. Aber setz dich doch, ich will es dir erklären.«

Erst kurz vor dem Ende ihres ausgedehnten Morgenmahls kam sie darauf zurück, was sie angekündigt hatte: »Ich bin eigentlich gekommen, um mich von dir zu verabschieden.« Ihm blieb beinahe der letzte Bissen Brot im Hals stecken: damit hatte er nicht gerechnet: verabschieden, das klang so abschließend, so definitiv. Andererseits musste ihr daran gelegen sein, dass er es von ihr persönlich erfuhr, sonst wäre sie wohl kaum zu ihm in den Süden gefahren. Sie hätte auch ganz einfach aus meinem Leben verschwinden können, dachte er: sie waren einander keine Rechenschaft schuldig, es verband sie nichts weiter, als dass sie zufällig in einem Flur zusammengeprallt, anschließend einige Male im Theater und im Konzert gewesen waren und einige gemeinsame Abendessen genossen hatten. Und dennoch hatte sie diesen weiten Weg unternommen, um ihm Adieu zu sagen, also wäre der Abschied vielleicht doch nicht unumstößlich: ein Hoffnungsschimmer! Gleichwohl war er bestürzt und erkannte sich plötzlich, ich bin ein alter, sentimentaler Esel, den Tränen nahe, ausgerechnet er, der sich nicht daran zu erinnern vermochte, wann er das letzte Mal (und ob er überhaupt je) geweint hatte!

»Nicht für immer übrigens«, fuhr sie fort, sie hatte ihn aufmerksam gemustert, ihr war die Augenfeuchte nicht entgangen, »es verhält sich vielmehr so: im Rahmen meines Ausbildungsprogramms, davon habe ich dir letzte Nacht erzählt, habe ich ziemlich kurzfristig, wie ich hörte, hat jemand überraschend abgesagt, die einmalige Chance erhalten, derart langweilig ist unser Unternehmen nämlich nicht«, sie zwinkerte ihm erneut zu, »für sechs Monate in Singapur zu arbeiten. Das will und kann ich mir keinesfalls entgehen lassen, da gehst du sicher mit mir einig, «

Thomas Wiederkehr nickte: dafür hatte er in der Tat Verständnis. Und was waren, er fühlte sich gleich besser, erleichtert!, schon sechs Monate im Vergleich zu einem ganzen Leben! Er würde sie, rechnete er blitzschnell nach, also wohl zu Weihnachten oder spätestens zu Beginn des kommenden Jahr wiedersehen. Allerdings tauchten gleich neue bedrohliche Wolken am Horizont auf: falls sie ihn dann noch treffen wollte. Vielleicht lernte sie im Fernen Osten einen netten Mann in ihrem Alter kennen, oder sie entschlösse sich, länger dort zu bleiben, weil es ihr so gut gefiel, oder sie käme zurück und hätte ihn längst vergessen, oder sie hätte sich derart verändert, dass er keine Lust mehr verspüren würde, sich weiterhin mit ihr zu treffen (oder keinen Zugang mehr zu ihr fände), oder er wäre in der Zwischenzeit verstorben oder… Es fiel ihm vieles ein, was sich in dieser kurzen Zeitspanne ereignen und verändern konnte.

»Wann soll es denn losgehen?«, fragte er so locker wie nur möglich, hoffte, sie bemerke das Zittern in seiner Stimme nicht und betete gleichzeitig, ihre Abreise stünde erst in einigen Tagen oder Wochen bevor.

»Heute Abend«, antwortete sie, das Platzen seiner Hoffnung in seinem Inneren derart laut, als sei gleichzeitig eine ganze Batterie Kanonen abgefeuert worden, »ich fliege heute Abend. Ich wollte dir dies unbedingt persönlich mitteilen. Woraus du ersehen kannst, wie viel auch mir unsere Freundschaft bedeutet und wie sehr ich dich schätze. Ich verzweifelte beinahe, als du mir aus heiterem Himmel mitteiltest, du würdest einige Tage Urlaub nehmen, weil ich die Möglichkeit schwinden sah, dich vor meinem Abflug noch einmal zu sprechen. Du hattest mir ja nicht verraten, wohin du reisen wolltest. Diese Nervosität, die mich befiel, diese Übelkeit, verursacht durch die unendliche Trauer, allenfalls abreisen zu müssen, ohne dich noch einmal gesprochen, und gesehen! zu haben, zeigte mir nur überdeutlich, was ich für dich empfinde«, eine winzige Pause, dann schickte sie hinterher: »rein freundschaftlich, du verstehst schon.«

»Wie lieb von dir«, die Tränen traten nun tatsächlich in seine Augen, er wischte sich kurz darüber und über die bereits angefeuchteten Wangen: musste ich tatsächlich so alt werden, damit ich weinen kann, wenn jemand sich von mir verabschiedet?

»Und«, fuhr sie schnell fort, sie hatte offensichtlich vorausgesehen, wie schwer er sich täte, jedenfalls schien sie sich genau überlegt zu haben, wie sie ihn trösten wollte, Thomas Wiederkehr kam sich alt und albern vor, aber auch geliebt, »wir können problemlos in Kontakt bleiben, ich habe alles gecheckt: meine E-Mail-Adresse im Unternehmen soll erhalten, allenfalls lediglich auf meine lokale Adresse in Singapur umgeleitet werden. Und zudem werde ich dir, sobald ich dort ein lokales Handy habe, meine Nummer senden, versprochen, dann können wir gelegentlich miteinander reden. Es würde mich jedenfalls sehr freuen, von dir zu hören! Und wenn du Lust und Zeit hast, besuchst du mich einfach; du setzt dich in das nächste Flugzeug, schließt die Augen oder genehmigst dir einen Drink, um gut und lange schlafen zu können, und schon bist du da! Teile mir deine Ankunft rechtzeitig mit. Ich werde alles vorkehren, um dir deinen Aufenthalt so angenehm wie möglich zu gestalten. Und mir natürlich so viel Zeit nehmen, wie es meine Arbeit erlaubt, um dir alles zu zeigen, was ich bis dahin kennengelernt haben werde.«

»Ich war vor über dreißig Jahren einmal für einige Tage in Singapur«, antwortete er nur: es fiel ihm nichts Besseres ein.

»Dann wird es Zeit, endlich wieder einmal hinzufliegen«, lachte sie, »du musst doch neugierig darauf sein, zu sehen, ob du die Stadt überhaupt wiedererkennst. Und vielleicht kannst ja du mir etwas zeigen, was mir sonst entginge.«

Er versprach, darüber nachzudenken.

Als sie kurz danach, reisebereit, neben dem Auto stand, etwas hilflos wirkte sie auf ihn, glücklich einerseits über die berufliche Chance, und unglücklich andererseits, ihn deswegen vorübergehend verlassen zu müssen, Abschiede, erkannte sie, gehören zu den schwierigsten und unangenehmsten Augenblicken im Leben, sofern man nicht im Streit auseinandergeht, erleichtert, sich dem Bedrückenden gleich und hoffentlich für alle Zeit entledigt zu haben, nahm er sie in seine Arme, drückte sie fest an sich, strich ihr über das samtweiche Haar und steckte ihr einen Zettel zu, worauf er seine private Handy-Nummer notiert hatte: »damit du mich auch sofort darüber informierst, ob du wohlbehalten angekommen bist«, und wünschte ihr alles Gute: »Kehre wohlbehalten zurück. Und falls du Hilfe brauchst«, beinahe wäre ihm entwischt: mein Kind, »dann zögere nicht, mich anzurufen! Im Gegenteil: dies ist ein Befehl!«

»Yes, Sir«, grinste sie: dieser strahlendklare Blick würde ihn begleiten, wusste, hoffte!, er, bis sie eines nicht so fernen Tages zurückgekehrt wäre.

»Ach«, sagte sie, bereits im Wagen und daran, den Motor zu starten, eher beiläufig somit, »da ist noch etwas.«

Durch das geöffnete Fenster an der Fahrerseite streckte sie ihm einen braunen Briefumschlag entgegen: »Für dich. Von meiner Großmutter. Ich habe ihr von dir erzählt. Sie hat mir dieses Kuvert überreicht mit der strikten Auflage, es dir erst zu überreichen, wenn ich von hier wegfahre. Lies den Brief, darum handelt es sich wohl, also erst, wenn ich definitiv weg bin.«

»Was will sie mir mitteilen?«

»Weiß ich nicht«, sagte sie, der Motor brummte, »Großmutters Geheimnis«, der Wagen rollte an, sie winkte ihm im Davonfahren durch das geöffnete Fenster noch einmal zu, und schon war sie hinter der nächsten Hausecke verschwunden.

VII

»Mein Lieber«, las er, im einen Moment verwundert darüber, wie ihn diese ihm unbekannte Frau anschrieb, und im nächsten, er errötete!, errötete er tatsächlich?, was, staunte er, an bislang Unbekanntem er an sich plötzlich entdeckte!, als habe sie in seinen Gedanken gelesen: sie hat es vorausgesehen!, dachte er, während er weiterlas: »Ich sehe dich verwundert, du wirst jedoch gleich feststellen, weshalb ich mir das Recht herausnehme, dich in dieser Form anzusprechen, und ich hoffe, nein: ich glaube zu wissen, dass du die Anrede zumindest akzeptierst, sobald du diesen Brief zu Ende gelesen haben wirst«, stand da in einer schwungvollen, gepflegten, eleganten Handschrift. »Meine Enkelin hat mir in letzter Zeit ziemlich häufig und auffallend viel von dir erzählt. Sie hat dich in derart positiven Farben geschildert, dass ich schon befürchtete, sie sei daran, die Dummheit zu begehen, sich in dich zu verlieben. Das ist nicht persönlich gemeint! Aber ich entdeckte mich in dieser Hinsicht als eher altmodisch (und hoffte sogleich, das seist du ebenso): allein der Altersunterschied!«

Thomas Wiederkehr legte den Brief auf den Tisch, erhob sich und stellte seine Tasse unter die Düse der Kaffeemaschine, drückte den Knopf und ließ die Tasse volllaufen mit seinem heißem Lieblingsgetränk, mein Lebenselixier, beliebte er es zu nennen: er wollte den Moment hinauszögern, bis er vom Anliegen dieser unbekannten Frau Kenntnis nähme, die ihn so selbstverständlich mit »mein Lieber« anschrieb.

Dies nämlich beherrschte er meisterlich: sich fast jeglicher Neugierde zu enthalten und sich so die Spannung zu erhalten, bis er jeweils erfuhr, was man von ihm wollte, was man ihm mitteilte, worum man ihn bat, welche Überraschung ihn erwartete. Seine Eltern waren jeweils beinahe verzweifelt, hatte sich der kleine (und größere) Thomas mitnichten auf seine Weihnachts- oder Geburtstagsgeschenke gestürzt, um ohne Verzug, an den bunten Bändern rupfend, bis sie nachgaben, und das schöne Papier achtlos zerfetzend, nachzusehen, was sich in der Verpackung verbarg, wie es Kinder in seinem Alter, dafür hatte Thomas Wiederkehr nie Verständnis aufbringen können, Hast und Gier waren ihm völlig fremd, offenbar großmehrheitlich taten, wollte er glauben, was Vater und Mutter und was sie ihm Kreise von Bekannten und Verwandten jeweils austauschten.

Thomas Wiederkehr fragte sich gar, sie noch keine dreißig Minuten verschwunden hinter der nächsten Hausecke und der Tag noch lang, er bliebe sicherlich ereignislos: was sie gerade tat?, er ertappte sich bei dieser unsinnigen Besorgnis: sie befand sich wohl irgendwo auf der Autobahn, denkt sie an mich?, ob er sich den Rest des Briefes bis zum Abend oder bis zum nächsten Tag aufsparen sollte. Er nippte am Kaffee, rauchte eine Zigarette.

Vorerst platzierte er später in aller Ruhe seinen Sessel auf der oberen Terrasse, dort, wo sein Kopf sich im Schatten, sein Körper bis ungefähr zum Bauch sich aber in der Sonne befände, wenigstens für eine Weile, hätte sie sich weiter auf ihrer Bahn bewegt, würde er ihn umplatzieren müssen.

Er stieg die steile Treppe wieder hinunter und suchte sich im Schlafzimmer von den dreien nun endgültig jenes Buch aus, das er zuerst lesen würde.

Zurück in der Küche griff er nach der Kaffeetasse und brachte sie nach oben auf die Veranda.

Erneut stieg er nach unten, wieder betrat er die Küche. Er legte sich, obwohl er erst ausgiebig gefrühstückt hatte, wie viel Zeit war verflossen?, auf einem Teller zwei Scheiben Brot zurecht und dazu etwas Käse und Wurst und schnitt zwei To-maten in Viertel, die er auf einen zweiten Teller platzierte.

Beides trug er nach oben.

Er zog den kleinen Tisch, der immer in der einen Ecke der Terrasse stand, mit einem Fuß näher an den Sessel heran und stellte die beiden Teller darauf ab.

Er hob die Kaffeetasse, die er dort vorübergehend depo-niert hatte, vom Boden hoch und stellte sie zu den Tellern auf dem kleinen Tisch.

Er ließ sich im Sessel nieder, legte das Buch in seinen Schoss, griff nach der Tasse und genehmigte sich einen Schluck.

Dann erst besah er sich das Papier, das er aus der Au-ßentasche seiner leichten Jacke zog (der er sich erst entledigen würde, wenn die Sonne die gesamte Terrasse erwärmt hätte), einige Minuten lang stumm.

Als er die Tasse leer getrunken hatte, las er den Brief zu Ende: »Sobald sich mir jedoch der Zusammenhänge erschlossen, frag mich nicht, wie ich sie entdeckte«, schrieb die Großmutter seiner Bekannten, »habe ich mich, und zwar riesig, gefreut, dass meine Enkelin dich derart gut leiden mag, ja, dich nachgerade liebt und verehrt und hochachtet. In diesem Moment dachte ich mir, und, du darfst mir ruhig glauben, dies erfüllte mich mit einem derart intensiven Glück, wie ich es nie zuvor in meinem Leben erfahren durfte, jedenfalls kann ich mich nicht erinnern, jemals, ein einziges Mal ausgenommen, derart glücklich gewesen zu sein: es gibt Dinge zwischen Himmel und Erde, die wir nicht erklären können, und die wir deshalb gerne und zu Recht als Wunder bezeichnen.«

Thomas Wiederkehr setzte erneut ab mit Lesen: um welches Wunder es sich dabei handeln könnte? Noch war ihm, was ihm diese Frau offenbar mitteilten wollte, ein unlösbares Rätsel. Allerdings bräuchte er doch nur weiterzulesen, um dahinterzukommen! Und dennoch ließ er weitere Minuten verstreichen.

»Schließlich habe ich mir das Herz gefasst, dir diesen Brief zu schreiben. Vielleicht hätte ich es nicht getan, wäre meine Enkelin nicht kürzlich nach Hause gekommen und hätte mir mitgeteilt, dass sie für ein halbes Jahr für ihre Firma ins Ausland fährt. Da wird sie genügend Zeit haben, über alles nachzudenken, was sie erfahren soll, sobald sie angekommen sein wird. Jedenfalls habe ich ihr einen im Inhalt, nicht in den Worten natürlich, identischen Brief mitgegeben und ihr das Versprechen abgenommen, ihn erst in Singapur zu lesen.«

Erneute Pause: ein langer Blick hinauf zum Wald.

»Lass es mich kurz machen, mein Lieber. Ich denke, es ist an der Zeit, uns, sobald sie zurück ist, beispielsweise zu einem Mittagessen zu treffen, am besten bei uns, wo wir nicht von Fremden beobachtet und belauscht werden, denn ich denke, wir werden uns viel zu erzählen, aber auch zu beichten und zu erklären haben, du und ich, unsere gemeinsame Tochter und somit unsere gemeinsame Enkelin.

Ich melde mich.

Versprochen!«

Und am Ende des Blattes stand, mit Smiley: »Beilage: der Beweis.«

Thomas Wiederkehr zog ein kleines Foto aus dem Umschlag, auf dessen Rückseite sie, die in seiner Wahrnehmung nicht länger »die Großmutter« sein würde, handschriftlich vermerkt hatte: »Ich habe das Stück tatsächlich aufbewahrt über all die Jahre. Ganz schön sentimental, nicht wahr?«

Das Foto zeigte den Ausschnitt eines weißen Gewebes, vom oberen Bündchen bis zu einem kleinen, aufgestickten, roten Herz.

Broglio, Mai 2014

Die Erzählungen

Die Romane

ZWISCHENHALT

* = auch als E-Books erhältlich

www.martinwalser.ch